ラストシンデレラ

ill. 熊野だいごろう

2

お前は強過ぎたと仲間に裏切られた「元Sランク冒険者」は、田舎でスローライフを送りたい

The "former S-rank adventurer" who was betrayed by his friends because he was too strong wants to live a slow life in the countryside

「今日はお手伝いをしに来てくれたんじゃないんですか？」
リリム
優秀な薬師にしてその正体は
サキュバスとも呼ばれる悪魔エンプーサ。
最近どこか様子がおかしくて……？

「手伝う仕事がないんじゃない」
リリムが頼もうとしていた仕事は全てルーゴ一人で片が付きそうなので、助っ人を頼まれたティーミアは暇を持て余したらしい。
ティーミア
シルフの長を務める妖精王。その実力はAランク冒険者をも凌ぐほど。
ペーシャ
いたずら好きなシルフ。村の診療所でリリムのお手伝いをしている。

「これはしょうがないことなんです」
リリムが上着を脱ぎ捨てると、
再びルーゴの溜息が聞こえてくる。
今日だけはリリムも
悪魔になれる気がした。

お前は強過ぎたと仲間に裏切られた「元Sランク冒険者」は、田舎でスローライフを送りたい

e "former S-rank adventurer" who was
rayed by his friends because he was too
rong wants to live a slow life in the countryside

2

ラストシンデレラ

ill. 熊野だいごろう

Contents

The "former S-rank adventurer" who was betrayed by his friends because he was too strong wants to live a slow life in the countryside

プロローグ

王国から南へ離れた辺境の地。

そこにポツンとあるアーゼマと呼ばれる田舎村に住んでいる薬師の少女――リリムは少々困っていた。

それは診療所に保管してあった薬が全て盗まれてしまったからだ。

「あ、あれ？　なんで？　ない、全部ない!?」

診療所の二階にある調薬室。

そこには薬の他にも調合に使う素材なども保管してあったのだが、その全てがすっからかんと綺《き》麗《れい》さっぱり消えてなくなってしまっていた。

「まさか泥棒……？」

そうに違いないとリリムは確信する。

だとすれば、どうして泥棒に侵入されたことに気が付かなかったのだろうか。

薬を保管している調薬室は寝室の真横にあるので、いくら就寝中とはいえ全く気付かないなんてことがあるのだろうか。

しかし、現に薬は全て盗まれている。

さては相当腕の良い泥棒に違いない。

手慣れてやがるな、とリリムはだんだんと頭に血が上ってきた。

「くっそ～！　許せません！　どこの誰だか知りませんが、見つけてとっちめてやりますよ！」

「リリムさん、朝から一体どうしたんすか？」

怒りのあまりリリムが頭から湯気を放出していると、その背後で羽根の生えた小さな女の子が、寝ぼける目を擦《こす》りながら欠伸《あくび》をかいていた。

シルフと呼ばれる魔物のペーシャだ。

「ペーシャちゃん、おはようございます。驚かないでください、薬が全て泥棒に盗まれてしまいました」

「えぇ!?　それは大変っすね」

「はい、ちょっと頭を抱えています。それで突然ですがペーシャちゃん、あなたはこの件について何か知りませんか？」

「え？　わ、私がっすか？」

別に疑っている訳ではないが、リリムはペーシャにずいっと顔を近付ける。

彼女達《たち》シルフは【窃盗魔法】を得意とする悪名高いシルフである。あまりにも人間相手にいたずらを仕掛けるもんで、ついにはいたずら妖精なんて通り名も付いてしまったほどだ。

それもペーシャは一度、リリムに【窃盗魔法】を使ってパンツを盗んでいる。ややもすれば、今回も何か良からぬいたずらを仕掛けてきたのではとリリムは考えたのだが、

「え……？　んえぇ？　し、知らないでっす」

ペーシャはただただ困った表情を浮かべているだけであった。どうやら本当に今回は関係ない様子。確認の為《ため》に聞いてみただけだったが、悪いことをしたなとリリムは反省する。

「ごめんなさいペーシャちゃん。何でもないです、今のは忘れてください。お詫《わ》びに今日はペーシャちゃんの好きな物を朝ごはんで作ってあげますよ」

「本当っすか!?　じゃあホットケーキが食べたいでっす！」

「はい、良いですよ。でもバターを切らしてしまっているので、ちょっと買い物に行ってきますね。ついでに泥棒をぶちのめして来ます」

「ついでにって表情には見えないっすよリリムさん」

ペーシャに自分の顔面がどう見えているかは知らないが、リリムは薬を盗んだ泥棒に対して恨みを込めながら指を振る。

すると、リリムが持つ『微精霊の加護』によって、青い光を瞬く小さな微精霊が呼び出された。指先の周りをふよふよと漂う微精霊達にリリムはお願いをする。

「微精霊様。薬を盗んだ犯人が分かりますか？」

加護によって呼び出されたこの微精霊は、加護の所持者の様々なお願い事を聞いてくれる。ただ

し頭はそんなに良くないので、複雑なお願いは聞いてくれない。

今回のお願い事は『薬を盗んだ犯人の捜索』だ。

「おや？」

リリムの願いを聞き届けた微精霊は頷《うなず》くように光を瞬かせて、付いて来いと言わんばかりに調薬室から出て行った。

リリムは後を追うことにする。

「ではペーシャちゃん、お留守番をお願いしても良いですか？」

「大丈夫でっす」

ペーシャに手を振ってリリムは診療所を後にする。

すると一足先に外で待機していた微精霊が、再び付いて来いと光を明滅させて進んで行った。

一体どこへ向かうつもりなのだろうか。

目的地も分からないまま後を追って行くと、通りがかった村の広場でなにやら人だかりが出来ていた。微精霊は真《ま》っ直《す》ぐにそこを目指している。

どうやらあそこに泥棒が居るみたいだ。

「ハーマルさん、これは何の騒ぎですか？」

「あらリリムちゃん。なんでも昨晩、この村に盗賊が出たんですって。それも【気配を消す魔法】を使うくらいの手練《てだ》れがどうとかって言われてたわ」

「気配を消す魔法？」

だから隣部屋で堂々と盗みを働かれても、気付くことが出来なかったのかとリリムは納得する。

「魔法が使えるなんて厄介な泥棒ですね」

「そうねぇ。でも、もう安心だわ」

「安心？　どうしてです？」

「ルーゴさんとティーミアさんがもう捕まえちゃったから」

ほら、と言ってハーマルさんが人だかりの中央を指で差し示した。

その先では、いかにもな盗人《ぬすっと》風情の男が五人ほど地面に横たわっていた。中でも一番体格の良い大男の頭に、シルフの少女が足を乗せて高笑いしていた。

「あっはっは！　このあたしが居るアーゼマ村で盗みを働こうだなんて大した度胸ね！　まあ度胸だけで実力は大したことなかったみたいだけど！」

「わ、悪かった！　もう盗みはしねぇよ！　だから命までは！」

「今更謝ったってもう遅いのよ！　あたしが楽しみにしてた最高級まんじゅうまで盗んだ癖に、謝罪で済ます訳ないじゃない！　さて、どうしてくれようか！」

などと言って盗賊達を脅している少女は、この村に住んでいるシルフ達の長である妖精王ティーミアだ。

彼女が掲げる手の平の先には、淡い光を放つ球体が四個ほど漂っていた。

恐らく盗人達はティーミアが得意とする【窃盗魔法】で魂を奪い盗《と》られてしまったのだろう。アーゼマ村の妖精王が使うこの魔法は魂にまで届くほど強力なのだ。

それで今は、なんとか窃盗魔法を免れた盗人の一人が、ティーミアに必死で命乞いをしているといったところか。

転がっている盗人達五人の内、魂を抜かれた四人はまるで抜け殻のようにピクリとも動く様子がない。

リリムも一度、あの窃盗魔法で魂を奪い盗られた経験があるので、必死に命乞いをしているあの盗人にどこか同情してしまう。

「くっそ〜……この村は簡単に盗みが出来るって聞いてたのに、こんな化け物共が居るなんて聞いてねぇぞ」

「なによあんた、反省してないの？」

「いや反省してるって！　ほんと悪かった！　もう泥棒稼業からは足を洗います！　これからはきちんと働くから、だから殺さないでッ！」

「うっわ、必死ね……。べつに本当に殺そうとした訳じゃないのに」

「お願いしますっ！　お願いしますう！」

「わ、分かったわよ」

大の大人が泣きべそをかきながら土下座する姿に圧倒されたティーミアが、しぶしぶと盗人達から奪った魂を返そうと腕を伸ばす。

「待て」

すると、隣に居た真っ黒の兜《かぶと》を被《かぶ》った男がティーミアの腕を摑《つか》んで止めた。

「同情したのならそれは間違いだ」

「なによルーゴ。こいつら悪党だけど、命を奪うほどじゃないでしょ？」

「いや、こいつらは過去に三度捕まり、出所する度にまた悪事を働いている輩《やから》だ。反省なんて言葉はこいつらの頭の中には存在しない」

黒兜の男の言葉に盗人がギクリと身を震わせる。

ティーミアはそれを見逃さなかったようだ。

「あぁッ!?　こ、こいつ！　今ギクッてしたわ！」

「いやいやいやいや！　そんなことは！　あんたの見間違いだ！」

「嘘《うそ》！　絶対したもん、今ギクッて！　この野郎、私を騙《だま》そうとしたわね！」

「してませんって！　ホント勘弁してくれよ！」

やった。やってない。と広場がより一層騒がしくなる。

その様子に溜息《ためいき》を溢《こぼ》した黒兜の男が、一歩前に出て騒がしい盗人の胸倉を摑んで黙らせてた。

「一つ尋ねるが、お前達は『野郎の墓場』という盗賊団の者だな？」

「な、なんでそれを……？」

「まだ他にも仲間が居るだろう？　アジトがどこにあるかを今すぐに吐き出せ。さもなくば、ティーミアにお前の魂も抜いて貰《もら》うことになるが……どうする」

「ひ、ひぃ」

「さあ、どちらか好きな方を選べ」

黒兜の男の迫力に、盗人は大げさに身をカタカタと震わせていた。

これでアーゼマ村の泥棒騒ぎは一件落着だろう。

後は盗人がアジトの場所を吐き出せば、野郎の墓場と言われていた盗賊団はあっと言う間に壊滅するだろう。

それほどの実力を、あの黒兜の男は持っている。

ある時は村の物資を盗んだシルフ達を長ごと倒してしまったり、またある時はデスワームという巨大な魔物を剣一本で両断したり、またある時は実力者である聖女とその取り巻きの聖騎士達をたった一人で倒してしまったりと、何か色々とやばかった。

そんな彼の名はルーゴと言い、頭に真っ黒な兜を着けているので風貌が少々怪しいが、心強いアーゼマ村の用心棒として皆に慕われている。

なにせルーゴが居れば村で起こる大抵の問題は片付いてしまうのだ。

今回だってリリムが加護を使って犯人を捜すまでもなく、あっという間に事件を終わらせてしまった。

「流石《さすが》はルーゴさん。後はもう放っておいても問題なさそうですね。微精霊様、せっかく呼び出したのに申し訳ないですが、後はもう大丈夫そうなので」

お疲れ様です、と言ってリリムが指を振って微精霊に別れを告げていると、にわかに広場の中央が騒がしくなった。

「ん？　どうしたんでしょうか？」

姿を消した微精霊から視線を外し、再びルーゴ達の方に視線を向けると、なにやら盗人が声を大きくして高笑いしていた。

「はっはは！　確かにお前達は馬鹿みたいに強かったが、俺達『野郎の墓場』の団長ほどじゃあねぇな！」

先ほどまで魂を抜かれると怯《おび》えていたのだが、今は強気に啖呵《たんか》を切っている。さては恐怖で頭がおかしくなってしまったのだろうか。

リリムは少しばかり同情してしまうが、どうもそんな様子ではない。どうやらあの男は団長と呼ばれる自分達の頭《かしら》に絶対的な自信があるようだが。

「お前はルーゴとか言ったか？　いいさ、答えてやるよ、俺達のアジトの場所をな！」

「ああ、そうしてくれるとありがたい」

「へへへ、アジトに行ってぶっ殺されればいいさ！　うちの団長によ！　お前なんか目じゃないぜ！　歯牙にもかけられねぇよ！」

「それは楽しみだな」

「強がっていられるのも今のうちだぜ」

へへへ、と盗人が嘲弄交じりの笑みを浮かべている。

リリムはその表情を見てぞくりと背筋に悪寒を走らせた。

ルーゴ達に捕まり、その実力を知ってなお、あの盗賊はあそこまでの自信を露《あら》わにしているのだ。

団長とやらの実力は相当なものに違いない。

「ルーゴさん……大丈夫でしょうか」

戦うことの出来ないリリムには心配することしか出来ない。

どうにもこの事件、そう簡単に片が付く話ではないのかも知れない。

第1話　二人の冒険者

——野郎の墓場、壊滅。


泥棒がアーゼマ村で悪事を働いた次の日。

村長宅の前にある村の掲示板に、そんな張り紙があった。

一見するだけでは意味が分からないが、『野郎の墓場』とは魔法を扱う盗人《ぬすっと》で構成された盗賊団の名前だ。

つい前日、アーゼマ村で夜な夜な盗みをしたこの盗人達《たち》だが、村の用心棒ルーゴと妖精王ティーミアの怒りを買ってしまい、そのアジトごと無事に壊滅させられたようだ。

（へへへ、アジトに行ってぶっ殺されればいいさ！　うちの団長によ！）

などと盗人の一人は強がっていたが、まさか本人も次の日にその団長ごとアジトを滅ぼされるとは夢にも思わなかっただろう。

これにて一件落着である。

ただし、めでたしめでたしとはいかなかった。

リリムは盗人達が捕まれば、盗まれた薬が返ってくると思っていたのだが、彼らはどうやら既に薬を売ってお金に変えてしまっていたようだった。

魔法が使える盗賊団『野郎の墓場』の手口はこうだ。

金目の物を発見すると【転送魔法】を使って、次々に物品をアジトへと転送。すぐさまお抱えの闇商人に売って金にする。といった形だ。

だから盗人がすぐに捕まっても、リリムの薬は返ってこなかった。

「はぁ。そんな魔法が使えるならもっと有意義に使えば良いのに」

愚痴を溢《こぼ》しても薬が戻ってくる訳ではないが、リリムはぼやかずにはいられない。

すっからかんになった薬の保管棚の前で、これから診療所の経営はどうしようかと思わず頭を抱えてしまう。

薬師は薬を取れば一体何が残るというのか。

ついでに薬の素材も全て盗まれてしまったので、これから新しく薬を調合することも出来ない。

「リリムさんっていつも困ってる気がしまっすけど、今回は何が理由で頭を抱えてるんすか？」

いつの間にか背後に居たペーシャがどこか他人事《ひとごと》のように尋ねてくる。

「この間、薬を泥棒に盗まれたじゃないですか。その薬が返って来なかったんですよ。だから困っているんです」

「あれ？　でもでも、その泥棒さん達ってルーゴさんと妖精王様に捕まりましたよね？　アジトも滅ぼされたって聞きまっしたけども」

「あの泥棒達はなんでも【転送魔法】で盗みをするらしくてですね。私の薬をアジトに送って、すぐに売っちゃったみたいなんです」

ほら、と言ってリリムはお金がぱんぱんに詰まった袋をペーシャに見せる。

「あらま」

「あらまじゃないですよ」

このお金は盗賊団のアジトを壊滅させたルーゴが、泥棒達から取り返してくれたものだ。金額にすれば、四ヶ月は生活に困らないくらいのお金が入っている。

自分の作った薬がこれほどの額で売れるとは鼻が高くなってしまうが、また薬作りを一から始めなければと思うと億劫《おっくう》になってしまう。

とは言え、薬がなければリリムは職なしになってしまうので、今すぐにでも薬作りを始めなくてはならない。

「他人事ではいられませんよペーシャちゃん。これから薬作りをするのでちゃんと手伝ってくださいね？」

なにせペーシャは診療所のお手伝いさんなのだから。

「それは別に良いっすけど、薬の素材も盗まれたんすよね。そっちの方はどうするんすか？」

「素材の方は大丈夫です。ルーゴさんにお願いしましたから」

アーゼマ村には定期的に王都から物資を運んで来て貰《もら》うのだが、次に馬車が来るのは五日後である。

薬もその素材も全く在庫がない今の状態で五日間は待てないので、リリムは村の用心棒ルーゴに素材の採取をお願いしていた。

彼に頼めばきっとすぐに素材は集まるだろう。

「ルーゴさん、今日はよろしくお願いしますね」

「ああ、こっちこそよろしく頼むよ」

素材の採取に向かったのは、様々な種類の薬草が採れる『マオス大森林』だ。

この森はアーゼマ村に隣接しているので気軽に足を運びやすい。リリムも素材があと少し足りないという時に、ちょくちょく一人で訪れている。

ただし魔物が出るので油断は禁物。

ということで今回、ルーゴは対魔物のエキスパートである『冒険者』を、二人ほど連れて来たようだ。

「どうも、リリムさん！　俺はフレイルって言います！　今回はルーゴ先生にマオス大森林で実践訓練をして貰えるとのことで来ました！　よろしくっス！」

「はい、よろしくお願いしますね」

一人目は快活な挨拶を飛ばしてくる気持ちの良い青年だ。

名はフレイルと言って、なんでもつい最近ギルドの昇格試験に合格したDランク冒険者らしい。

そして、あともう一人は女の子の冒険者だった。

「セシリアさんでしたっけ？　素材の採取に付き合ってくれてありがとうございます。よろしくお願いします」

「よ、よろしく……」

「あれ？」

どうも人見知りの気があるのか、セシリアはリリムと目を合わせようとはせず、ぎこちなさそうにそっぽを向いてしまった。

「おいおいセシリア！　ま～た人見知りかよ！　いい加減に直せよその癖！」

さっそくその態度を隣のフレイルに咎《とが》められていた。

「う、うるさい、分かってるわよ！　だって緊張しちゃうんだもん！　でも、そうよね。直した方が良いわよね……」

セシリア自身もそれは自覚していることなのか、フレイルに言葉を返しながらも、今度はしっかりとリリムに目線を合わせてきた。

「今日はよろしくね！」

「おい、そこは敬語だろ普通。リリムさんはうちのギルドの専属薬師なんだぞ?」

「『よろしくっス!』とか言ってるフレイルに言われたくないんだけど。別に敬語じゃなくたって良いじゃない。それにこの人、私と同い年くらいでしょ?」

そう言ってセシリアは初対面にも関わらず、ずけずけと『あんた何歳?』と尋ねてきた。どうやら人見知りというよりは、人との接し方そのものに難があるようだ。

「ちなみに私は十四歳、あと二年で立派な大人よ」

「私は十五です」

「……リリムさん今日はよろしくお願いします」

年上と分かるや否や、セシリアが頭を深々と下げる。

その隣でフレイルがなんとも言えない表情をしていた。

面白いなこいつら、と率直な感想が浮かんだリリムはルーゴに振り返った。

「ルーゴさん、何なんですかこの面白い人達は」

「俺が広場で魔法を教えている冒険者達だ」

「ああ、だからさっきフレイルさんはルーゴさんのことを『先生』って言っていたんですね」

ルーゴは冒険者ギルドのマスターであるラァラ・レドルクから、その実力を買われて冒険者達に修行をつけてあげている。

中でもフレイルとセシリアは魔法の覚えが良く、今回マオス大森林に魔法の実践訓練として連れて来たとのことだった。

「ついでに荷物持ちとしても使ってやってくれ。魔法はスタミナが命だ、すぐに息切れを起こせば魔法の精度が鈍ってしまうからな」

「へぇ、そうなんですか。なるほど、体力トレーニングも兼ねていると。それなら遠慮なくお願いしちゃおっかな」

ちらっと二人の方を見ると、フレイルは『任せてください』と言わんばかりに快活な笑みを浮かべていた。セシリアの方は青い顔をしていたが。

◇◆◇

「フレイルさんはどんな魔法が得意なんですか？」

マオス大森林を進む傍らにリリムは少しだけ気になっていたことをフレイルに聞いてみた。

リリムはルーゴから無属性の【召喚魔法】を教えて貰ったことがあるのだが、現役の冒険者である彼らは一体どんな魔法を教えて貰っているのか。それが気になっていた。

「俺は【火炎魔法】っスね」

ほら、とフレイルが手の平の上に炎を灯《とも》した。

「うわぁ、すごいですね」

「へへへ、すごいでしょう。でもこれだけじゃあないっスよ」

得意気に笑ったフレイルがなにやら見せつけるように腕を振ると、手の平の炎が空で燃え広がり、やがて形を成して『弓』となった。

まさか炎で弓を作るとは思わなかったリリムは、分かりやすく目を見開いて驚く。

「わぁ、魔法ってそんなことも出来るんですか？」

「出来るみたいっスね。俺もルーゴ先生から教わったばかりなので、あまりよく知らないですが」

フレイルが続けて腕を振ると、炎は様々な形を作り出す。

盾、剣、斧《おの》、杖《つえ》等と、その種類に限りはなさそうだ。

さらにはフレイルは手の平に炎で小さな人形を作り出し、腕の上で歩かせてみせた。小躍りさせてみたり、口から火を吐かせてみたりと、かなりの芸達者である。

「本当に凄《すご》いですね。フレイルさん、魔法の才能があるんじゃないですか？」

「いや、これに関して言えばもっと凄い奴《やつ》がいるんで、あまり得意気にはなれないっスね」

なんてフレイルが謙遜すれば、隣を歩いていたセシリアがドヤ顔で一歩前に出た。

どうやら『凄い奴』というのは彼女のことらしい。

「ふふふ、次は私が魔法を披露する番かしら？」

「誰もまだお前とは言ってねぇよ」

「なんでよ！　今のは明らかに私が凄い奴だって流れだったじゃない！」

頬を膨らませて分かりやすく不機嫌そうにするセシリアが「もういいわ！」とリリムに振り返る。

「フレイルの馬鹿は放っておいて、リリムさんには私の【土魔法】を見せてあげるわ」

「へぇ、土魔法ですか」

一体、土魔法とはどんなことが出来る魔法なのだろうか。

リリムには泥団子を作ることしか想像出来なかったが、セシリアのドヤ顔を見て察するにそんな低レベルのものではなさそうだった。

「そう、フレイルみたいに土を操って人形を生み出すのよ。こんな風にね！」

セシリアが地面に手の平を叩《たた》き付けると、突如として地面が盛り上がった。そこから這《は》い出て来たのは、まさしく土人形とも呼べる異形の怪物だ。

「これが【土魔法】の真髄、ゴーレムよ！」

「どわぁ！　ご、ゴーレム!?」

背丈は三メートルを超えるだろうか。リリムが見上げるほどに巨大だ。

土だと言いながらも、その体はごつごつとした岩のような物で出来ており、見るからに頑丈そうな見た目をしている。

あの手で殴られれば痛いでは済まないだろう。

ぱっと見ではあるがフレイルの【火炎魔法】より強そうだ。

それに『ふふふ』なんて言って得意気に披露してくれたこのゴーレムだ。もしかすれば、今回の薬草採取にぴったりな特技を持っているのかも知れない。

「凄いです、セシリアちゃん！」

「ふふふ！　でしょう！」

「それで、そのゴーレムは何が出来るんですか？」

「え？」

「そのゴーレムは何が出来るんですか？」

セシリアが真顔になる。

「て、敵を叩き潰したりとか？」

「今は私達の周囲に魔物は居ませんよ」

リリムが指を振るえば、この森に入った時から出している微精霊が「その通りだ」と言わんばかりに光を瞬かせる。

ちらりと隣を歩いているルーゴの方を見れば「付近に魔物の気配はない」との返答があった。

マオス大森林には魔物が多数潜んでいるので、リリムは『微精霊の加護』を使用して、魔物の居ない道を進んでいる。

誰も好き好んで魔物と接触なんてしないだろう。

「まあ、魔物が出たらセシリアちゃんに頼もうかな？」

「う、うん」

「居てくれるだけで心強いですよ」

「あ、ありがと」

せっかく土魔法の真髄であるゴーレムを呼び出してくれたのは良いが、いかんせん今の状況では活躍出来なさそうだ。

ふとゴーレムの顔を見ると、心なしか手持無沙汰な顔をしている。その隣に居たフレイルは無言で火炎魔法を引っ込めていた。

彼の魔法もまた、今のところ出番はないだろう。

リリムは悪いことを聞いてしまったなと反省する。

ルーゴは「魔力の無駄遣いはやめろ」とごもっともなことを言っていた。


やがて二十分ほど歩いた頃。

リリムがいつも薬草を採っている場所へと辿《たど》り着いた。

「あ、ここですここ。ここが私がいつも薬草を採っていた場所です」

やって来たのは森の中にぽっかりと穴が開くように出来た草原地帯だ。マオス大森林にはいくつかこういった場所があり、中でもこの草原は数多くの薬草が採取出来るのだ。

「へぇ？　ここが？　薬草っぽいのは見当たらないっスけど……」

「リリムさん、もしかして場所間違えたんじゃないの？」

「そんなことないですよ。ここで間違いないです」

専門知識を持たないフレイルとセシリアは、どうやらどの草が薬の素材となる薬草なのか分からない様子だ。

なのでリリムは用意していた一冊の本を鞄《かばん》から取り出して広げる。

「例えばこれです。この小さな赤い葉が五枚生えたやつ。お二人ともご存知ないですかね？　これは『レッドクローバー』と言って回復薬の素材にもなる有名な薬草ですよ」

別名で五つ葉のクローバーとも呼ばれるそれを摘《つ》まんで見せてあげると、フレイルとセシリアは難しそうな顔で薬草を凝視していた。

「リリムさん、これ本物なの？」

とセシリアがレッドクローバーを指で差す。

リリムは何を疑っているのだろうと小首を傾《かし》げた。

「え？　ほ、本物ですけどどうかしましたか？　ほら、この本にも書いてあるじゃないですか。赤い小さな五つ葉が特徴だって。挿絵とも見比べてみてください」

そう言ってリリムが手にするレッドクローバーと挿絵を交互に見せてあげると、セシリアはようやく納得した様子だった。

「ほ、本当だ！　リリムさん！　私も採って良いですか!?」

「お、俺も欲しいっス！」

「構わないですが……。別にここは私の土地って訳でもないですし」

「よっしゃあああ！　いっぱい採るぞォ！」

「ちょちょ！　ねぇフレイル！　置いてかないでよ！」

なにやら興奮した様子でセシリアとフレイルの二人が草原へと駆け出していく。

なんのこっちゃとリリムが頭に上にクエスチョンマークを三つほど出していれば、

「リリム。お前はこのレッドクローバーの価値を知らないのか？」

「はい？　急にどうしたんですかルーゴさん」

「ほら、ここの記述を見てみろ」

後ろに居たルーゴがリリムの持っていた図鑑を指で示す。

そこに綴《つづ》られていたのは『希少』という二文字。

もちろんリリムはレッドクローバーが希少だということを知っていたが、今までさほど気にしたことはなかった。

なにせ、いつも薬草を採取していたこの草原には、レッドクローバーが大量に自生しているのだから。目に見える範囲だけでも、赤い葉が至る所に見えている。

「お前は王都に行ったことはあるか？」

「ん～、数えるくらいしかないですね。私、魔物だからいつ正体がバレるかも分からないので」

「そうか。なら、今度機会があればこのレッドクローバーを王都で売ってみると良い。百の束を三つほど持って行けば、家が買えるぐらいの金額で引き取って貰えるぞ」

「えぇ！　そ、そうなんですか!?」

リリムは悪魔エンプーサと呼ばれる魔物である。

正体を隠している彼女は人の多い王都に足は運ばないので知らなかったのだ。レッドクローバーという薬草にそれほどの価値があることを。

「なるほど、だからあの二人は驚いていたんですね」

ともすれば、先ほどセシリアとフレイルが見せた反応に合点がいく。

だが、こんなに大量に生えているレッドクローバーがどうして、そんなにも高値で取引されているのか理由が分からない。

図鑑にある希少という記述も間違いなのではと思えるほどだ。

シルフ達にも採ってきて欲しいと頼めば、すぐにでも届けてくれる。

「ルーゴさん、レッドクローバーってどうしてそんなに高価なんですか？」

「図鑑には希少とあったが、実はそこまで生息地が少ない訳ではない。ただ、レッドクローバーは栄養が豊富な場所を好むんだ」

「それがどうかしたんですか？」

「そういった場所では屈強な魔物がよく姿を見せるんだ。ちょうどほら、あいつらの方を見てみろ」

そう言ってルーゴが指で示した先は、セシリアとフレイルがレッドクローバーを採取しようと向かった所だった。

リリムが向けられた指の先を視線で追って行くと、ルーゴが言いたかったことをようやく理解する。

「ひ、ひぃ！　ブラックベア!?　た、助けてフレイル！」

「馬鹿！　早く立ってってセシリア！　急いで逃げるぞ！」

『ベアアアアアアアアアアアアッ!!』

突如として現れた真っ黒い熊形の魔物『ブラックベア』に、レッドクローバーを採取しようと呑《のん》気《き》にしていた二人は大パニックを起こしていた。

セシリアは足がもつれて転んでしまったのか地面に蹲《うずくま》っている。そんな彼女を庇《かば》うようにしてフレイルは【火炎魔法】を使用して炎の弓を構えていた。

「喰《く》らえッ！　必殺の【バーニングショット】！」

『ベアッ!?』

放たれた炎の矢がブラックベアの腕に突き刺さった。

次の瞬間、矢が激しく炎上して魔物を炎に包む。

「どうだ！　やったか!?」

『ベアアアアアアアアアアッ！』

「全然効いてねぇ!?　炎を振り払いやがった！」

「何が必殺のバーニングショットよ！　一ミリもダメージ入ってないじゃない！　笑っちゃうんだけど！　ぷぷぷ〜！」

「笑ってる場合か！　早くゴーレム出してくれよセシリア！」

「そんな暇ある訳ないでしょ！　でも他の魔法ならッ！」

　フレイルが作り出した隙と時間で、体勢を立て直したセシリアは地面を強く叩くと、辺り一帯の土がセシリアの眼前に集まり岩石の砲弾を作り出す。

『ベアッ?!』

　ブラックベアはすぐにその魔法の危険性に気付いた様子だ。

　駆ける足を止めようとするも、

「残念。私はルーゴさんに【水魔法】も教わってるのよ」

　ブラックベアの足がずぶずぶと地面へと沈んでいく。

　泥だ。

　セシリアは【土魔法】と【水魔法】を併用して泥を生成し、魔物の足元に一時的な『沼』の罠《わな》を作っていた。

これでは魔法を避けたくても身動きがとれないだろう。

「喰らえ！　これが本当の必殺技よ！」

ズドォンッ!!

放たれた岩石の砲弾がブラックベアの頭部を直撃する。

二人の様子を見守っていたリリムは「うわぁ」と口元を押さえた。あんな暴力の塊みたいな魔法をモロに喰らえば、痛いと感じる間もなく気を失うだろう。

だが、相手は王都の冒険者ギルドで危険生物として登録されているブラックベアだ。見通しが甘かった。

『グアガアアアアアアアアッ！』

「うっそ!?　これでも駄目なの!?」

「うおおお！　逆に怒らせてないかあれ!?」

火炎魔法に続き土魔法すらあまり効果が見られない。

ダメージを感じさせないブラックベアが怒りに満ちた咆哮《ほうこう》をあげ、泥沼から這い出て突進を開始する。それを見たフレイルとセシリアは回れ右と全力で逃走を始めていた。

「手強《てごわ》いですね、ブラックベア。まさかあの魔法を受けても全然へっちゃらだなんて。頑張ってくださいフレイルさん、セシリアちゃん」

リリムはまるで他人事のように、薬草を採取しながら二人の様子を眺めていた。

いつもなら『微精霊の加護』を使って周囲の警戒を怠らないのだが、今はすぐそばにルーゴが居るので安心して自分の仕事に専念出来る。

ちなみにルーゴも無言で二人の様子を眺めていた。

「ルーゴさん、お二人をあのまま放置して良いんですか？」

「ああ、大丈夫だ。あの二人がきちんと協力出来ればの話だがな」

どうやら実践訓練と言って二人をマオス大森林に連れて来たルーゴは、彼らの手助けをするつもりはないらしい。

「リリム、俺も薬草採取を手伝うよ。何か採ってきて欲しい物があるなら遠慮なく言ってくれ。その為《ため》に来たのだからな」

「ありがとうございます。じゃあ図鑑に印を付けておくので、それをお願いしても良いですかね？」

「任せてくれ」

ルーゴがそういう方針をとるなら何も言うまい。

リリムも未《いま》だブラックベアから逃げ惑うフレイルとセシリアに心の中で謝罪しながら、彼らを放置することにした。

「ではお二人共、お疲れ様です。今日はありがとうございました」

マオス大森林から無事に抜け出したリリムは、今回の薬草採取に付き合ってくれたフレイルとセシリアに頭を下げる。

ルーゴが薬草を得意の【重力魔法】で次々に引っこ抜いてくれたので大助かりだ。そのお陰で帰りの荷物が多くなってしまったが、こちらの方はフレイルとセシリアが運んでくれたのでこれまた大助かりである。

「いいえ、俺は今回ほとんど何もしてなかったので」

フレイルが束の薬草を診療所の玄関に下ろすとドスッという重々しい音がした。草が出して良い音ではない。これだけあれば、十分な量の薬を調合出来るだろう。

「お、重たかったぁ〜」

セシリアが下ろした薬草の束もドスッという音を放つ。女の子のセシリアにこれは堪《こた》えただろう。汗に濡《ぬ》れた上着がそれを物語っている。

「セシリア」

「ん？　あ、はい？　何ですかルーゴさん」

「そんなに重たかったのなら、ゴーレムを呼び出して運んで貰えば良かっただろう」

「は」

セシリアが真顔になる。

「さ、先に言ってよぉ〜」

「いつゴーレムを呼び出すかと様子を窺《うかが》っていたんだ。お前は冒険者なのだから少しは考えて行動するんだ。実戦ではたった一つのミスが命取りになるんだぞ」

「ぐぬぬ。わ、分かりました」

ルーゴの言い様に言い返せず、セシリアはばつの悪そうな顔で項垂《うなだ》れていた。

確かに一つのミスが命取りになるという言い分はリリムも理解出来るが、今回マオス大森林に二人を連れて来た理由は訓練であった筈《はず》だ。少々厳し過ぎるのではないか。

リリムがルーゴから【召喚魔法】を教えて貰った時は、手取り足取り優しく丁寧に教えて貰ったのだが、やはりセシリアは冒険者なのでルーゴは厳しく当たるのだろうか。

「フレイルもだ」

「俺もっスか!?　俺はゴーレムなんて出せないですよ！」

「違う、ブラックベアとの戦いの時の話だ。魔法が効かないからと見て、お前はすぐに諦めて逃げ出したな」

「いや、でもしょうがないじゃないっスか。あのブラックベアには俺の魔法もセシリアの魔法も効かなかったんスよ？」

厳しさの矛先はフレイルにも向く。

確かにフレイルは自分の魔法がブラックベアに効かないと分かるや否や、すぐにセシリアに助けを懇願していた。『早くゴーレム出してくれよ』と。

結果、どちらの魔法も目立った効果は得られず敗北。逃げるのに精一杯で、レッドクローバーを採取しようとしていた二人は何も得られなかった。

だが、魔法が効かなかったブラックベア相手にルーゴはどう立ち向かえと言うのだろうか。リリムは冒険者ではないが、魔法が効かないからといって素手で魔物に立ち向かう勇気はない。

「まずは弱点を探してみろ」

「弱点なんてあるんスかブラックベアに」

フレイルの疑問にルーゴは「ある」と即答する。

少しだけ興味を覚えたリリムも、二人の横でブラックベアの弱点について考えてみることにした。

以前ルーゴは『ブラックベアは頭が悪い』と言っていた。

あの時は頭の悪いブラックベアを罠にはめて、大量に仕留めていたのを覚えている。

先ほどフレイルとセシリアが一戦交えたあのブラックベアも、砲弾を受けて怒った後は馬鹿正直に突進するばかりであった。

それならば、

「ちょっと残酷ですけど、炎の弓で柔らかい目を狙ってみてはどうですかね。相手が頭を向けて突進してくるだけなら、なおのこと狙いやすいのではないでしょうか？」

上手《うま》いこと視界を奪えたのなら、セシリアがゴーレムを呼び出す時間稼ぎも出来るだろう。後はゴーレムの岩のような腕で滅多打ちにすれば良い。

魔法の効き目が薄いブラックベアでも一溜《ひとた》まりもない筈だ。

「当たりだリリム。お前はやはり魔法の才能があるな」

「い、いやぁ、素人意見ですが」

どうやら当たりを引き当てられたらしい。

「どうだ、フレイル。冒険者ではない薬師のリリムもここまで考えられるんだ、負けていられないぞ」

「り、了解ッス。そうですね、負けてられないです！　こうしちゃいられない！　セシリア！　今から魔法の修行だ！」

「え!?　ちょちょちょちょ！　私もう疲れてるんだけど！　明日は休みなんだから明日で良いじゃん！」

「思い立ったが吉日って言うだろ！　行くぞ！」

「も～～～～っ！　ただの気まぐれじゃんかそれ！」

田舎の村娘と比べられて火が付いてしまったのか、フレイルは青い顔をするセシリアの手を引いて村の広場の方へと走って行ってしまった。

「あ！　ちょっと待ってください！　今回のお礼がまだ――」

慌てて引き留めようとしたがリリムの静止の声は届かず、セシリアとフレイルの姿が彼方《かなた》へと消えていく。

「ふ、フレイルさん、元気ですね」

「ははは、そうだな。まだまだ未熟だが、あれだけやる気があるなら十分だ。教えればすぐに魔法を覚えるしな。強くなるぞ、あいつは」

なんてルーゴは笑っていた。

厳しく当たっていたが、フレイルのことは認めているらしい。

フレイルとは反対にセシリアの方はあまりやる気は感じられなかったが、【土魔法】の他にも【水魔法】を併用していたので彼女も素質はあるのだろう。

リリムは無属性魔法しか才能がなかったので羨ましく思えた。

第2話　様子のおかしいエンプーサ

次の日。

リリムはマオス大森林で採取した薬草を使い、さっそくと薬の調合に取り掛かっていた。ルーゴ達《たち》が素材の採取を手伝ってくれたので、十分な量の薬を確保出来るだろう。

薬の作り方は色々あるが、診療所のお手伝いをしてくれているペーシャには、比較的簡単な工程を任せている。

例えば素材の水洗いだとか。

「ペーシャちゃん、そちらの方はどうですか？」

「ちょっと量が多過ぎるっすよ。どれだけ採って来たんすか。なんか虫とかもたまに居るし……ってぎええええええええ！　毛虫だあああああッ!?」

たまたま手に取った薬草に虫が付いていてたらしい。

素っ頓狂な悲鳴をあげて、大事な薬草を放り投げてしまった。

「うぇぇぇ〜。気持ち悪いぃ〜、こういうの苦手でっす。どうして虫に毛が生えているんすか。意味分かんないっすよ。村長の頭頂部はつるつるなのに」

「村長と虫を比べないでください」

アーゼマ村の村長はお年寄りなので頭がつるつるである。

「ペーシャちゃんは森育ちなのに虫が苦手なんですね」

「特に芋虫とか、手足のない奴《やつ》がどうしても無理でっす。毛が生えてるのは特に。あ、カブトムシとかは好きっすね、なんかカッコイイので」

「確かにカブトムシはかっこいいですね」

今度、薬草採取に行った時に見掛けたら捕ってきてあげようかな、なんて考えていると、診療所の玄関がコンコンとノックされた。

「はいはい。どなたでしょうかって、あれ、ティーミア?」

「やっほ〜リリム。ペーシャから人手が足りないって聞いたから来てあげたわよ」

「ペーシャちゃんが?」

玄関のドアを開けると、そこにはティーミアが立っていた。

どうやらペーシャが大量の薬草の束を見て助《すけ》っ人《と》を呼んだらしい。

そしてティーミアの横にはルーゴが立っていた。

今日も手を繋《つな》いでいて実に仲が良さそうである。

「ルーゴさんもですか?」

「そうよ。暇そうだから連れて来たの」

「別に暇ではなかったのだがな」

恐らくティーミアに無理やり診療所まで連れて来られたのだろうルーゴは、困ったように兜《かぶと》の上から頬を掻《か》いていた。

まったくこのいたずら妖精は、とリリムは指を突き付けてティーミアに注意する。

「こら、駄目ですよティーミア。いくらルーゴさんと一緒に居たいからってどこでも連れ回したら。ペットじゃないんですから放してあげてください」

「ティーミア、お前は俺のことをペットだと思っていたのか？」

「んな訳あるか！」

ティーミアが即座に否定する。

「別にルーゴをどこに連れて来ようと私の勝手じゃない」

「ルーゴさんはギルドマスターのラァラさんからの依頼で、冒険者さん達に修行を付けてあげていて忙しいんですから勝手しちゃ駄目ですよ」

「その修行が今日は休みなのよ。たまには休息も必要だって言って、ルーゴが休みの日を作ったの」

「休日？　あれ、そうだったんですね」

そういえば、とリリムは思い出す。

昨日、セシリアが『明日は休みなんだから』と言っていた気がする。

ルーゴの方に視線をやればコクリと頷《うなず》いた。

「毎日毎日、疲れ果てるまで鍛錬させていては体が壊れるからな。十分な休息をとれるように、彼らには三日間の休みを与えた」

「そ！　だからルーゴは暇って訳。だから別に良いでしょ？」

「別に良いでしょって私に言われてもですね……」

せっかく休日を設けたのならば、普段から忙しくしているルーゴも休息をとりたいのではないだろうか。

確認の為《ため》に再びルーゴに視線を戻せば、

「まあ良いだろう。手伝うよリリム。薬を盗賊共に盗まれたのは、村の用心棒である俺の失態でもあるからな」

「本当に良いんですか？」

「俺が良いって言っているんだ。遠慮なくコキ使ってくれ」

「そ、それじゃあ、手伝って貰《もら》おっかな？」

「ああ」

ルーゴが薬作りを手伝ってくれることになった。ついでにティーミアも。

正直、あれだけ大量の薬草を捌《さば》くのは骨が折れるなとリリムは思っていたので大助かりだ。

彼らに薬学の知識があるのかは定かではないが、魔法を操れるこの二人が居れば非常に心強いだろう。

さっそく薬草の束を洗って貰うことにした。

「汚れを落とせば良いのか？」

「そうですね。一応、既にざっくりと洗ってはいるのですが、小さな汚れや虫が付いていることがあるので、それを落として欲しいんです」

簡単な作業ではあるが、量が量である。

先ほどまでペーシャに汚れを落として貰っていたが、保管庫に置かれた薬草の束はまだ十分の一も減っていない。

「なるほどな。それぐらいならお安い御用だ」

ルーゴが指を向けると【重力魔法】で薬草の束が宙に浮かび上がった。

そのまま薬草を『借りるぞ』と言って裏庭に持って行くと、ルーゴは反対の腕を伸ばして別の魔法を発動させた。

「あれ、ルーゴさんって【水魔法】も使えたんですか？」

「あまり得意ではないがな」

どこから出て来たのか、大量の水が宙に浮かぶ薬草に纏《まと》わり付き、空中で渦を巻きながら薬草を洗いだす。

途中途中で水の中から虫と土汚れがペッと吐き出されるので、しっかりと遺物は取り除かれているようだ。

「う、うわぁ……。相変わらず凄《すご》いですね」

自分の仕事をしようとしていたリリムは、ついつい裏庭の様子に目が行ってしまい仕事が手に付かない。

「よし、これで汚れは落ちたな。後はティーミアとペーシャ、水気を取るのを手伝ってくれないか？　こういうのはお前達の方が得意そうだしな」

「別に良いわよ」

「あいあい！　任せてくださいでっす！」

ルーゴが指を弾《はじ》けば薬草に纏わりついていた水が弾け飛び、宙に霧散して消え去った。残った水気をシルフ達がお得意の【風魔法】で飛ばしていく。

しばらくもすれば、完璧に汚れが落ちた薬草達がリリムの前に置かれた。

「終わったぞ」

「あ、ありがとうございます」

早過ぎるだろとリリムは思った。

「次は何をすればいい」

「え～と……どうしよっかな。そうですねぇ」

まさかあれだけの量の薬草をたった数分で捌くとは思っていなかったので返答に困ってしまう。

魔法、恐るべし。

流石《さすが》は限られた者にしか使えないと言われるだけはある。

「あ、そうだ」

リリムはせっかくルーゴが手伝ってくれるのだから、この際がっつりと魔法に頼ってみようかと考えた。

「ルーゴさんってどんな魔法を使えるんですか？」

「ん？　どういうことだ」

「えっとですね、次は洗った薬草を細かく刻んだり、時間をかけて乾燥させたりするんですけど、それを魔法でどうにか出来ないかなぁ～……なんて」

ややもすれば、そんな作業もルーゴなら一瞬で終わらせられるのでは、なんてリリムは期待して頼んでみたのだが、

「分かった。そういう使い方はしたことがないが、やってみようか」

「あ、出来るんですね」

「実験的になるがな」

どうやら出来るらしい。

なのでリリムはルーゴ達を診療所の二階の調薬室へと案内し、さっそくルーゴに魔法を使って貰

うことにした。

「まずは乾燥から試してみようか」

「はい、お願いします。それで、どんな魔法を使うんですか？」

通常、薬草は日の光に当ててしまうと、薬に必要な成分も一緒に揮発してしまうので、暗室などでじっくりと乾燥させるのが普通である。

もちろん天日に当てても良い薬草など例外はあるが、要はいかに水分だけを抜けるかが品質に大きく作用するのだ。

「薬草から水だけを抜けば良いのだろう。それならば、リリムも知っている魔法でも事は済むぞ」

「私も知っている魔法ですか？」

「例えば【窃盗魔法】だな」

「なるほど？　水分を盗むっていう感じですか？」

「その通りだ」

頷いたルーゴが指を振って魔法を使うと、手に取っていた薬草が一瞬でカラカラに萎《しお》れてしまった。

説明にあった通り、魔法で水分を奪ったのだろう。振った指先には透明な水の塊が浮いている。

「窃盗魔法ってそんな使い方も出来るんですね」

「前にも言ったと思うが魔法の力は想像力に直結する。工夫次第でどんな使い方も出来るぞ」

「ティーミアみたいに人に使ったら攻撃魔法にもなるんじゃないですか？」

「お前は恐ろしいことを言うな」

やはりお前は才能があるよ、とルーゴに褒められる。

なんだか嬉《うれ》しくない褒められ方である。

「だがしかしだ。人間にも魔物にも一定の魔法耐性が備わっている。だから窃盗魔法では人を攻撃出来ない」

「でもティーミアは窃盗魔法で魂を奪うじゃないですか」

「あれはあいつがおかしいだけだ」

ティーミアは極まった【窃盗魔法】の使い手だ。

彼女がこの魔法を使えば物を盗むという範疇《はんちゅう》には収まらず、対象の魂さえも奪い盗《と》ってしまう。

ルーゴの話ではこれはティーミアだけが出来る芸当らしい。

「すごいですねティーミア。さすが妖精王です」

「んぇ？　なんの話？」

「ちょっと、なんで本を読んでるんですか」

どこから持って来たのか、ティーミアが本を片手に床で寝転がっていた。その隣には同じく本を片手に寝転がるペーシャの姿もある。

「今日はお手伝いをしに来てくれたんじゃないんですか？」

「それをルーゴが全部やっちゃうから、手伝う仕事がないんじゃない」

「むむ、確かに」

リリムが頼もうとしていた仕事は全てルーゴ一人で片が付きそうなので、助っ人を頼まれたティーミアは暇を持て余したらしい。

「じゃあティーミアにはルーゴさんと一緒に【窃盗魔法】で薬草を乾燥させて貰おうかな？　お願い出来ますか？」

「ルーゴと一緒に？　ふ〜ん？　まあいいけど」

ルーゴをだしに使えば、ティーミアは『しょうがないわね！』とやる気を出してくれたのでこれで良し。

「あと、ペーシャちゃんは……お掃除でもして貰おうかな？」

「何で私だけ掃除なんすか」

他に出来ることがないからである。

お願いしていた薬草の洗浄も、ルーゴが既に全て片付けてしまったのだから。

それを伝えればペーシャがぷくりと頬を膨らませて口を尖《とが》らせて不貞腐《ふてくさ》れてしまった。リリムにそんなつもりはなかったのだが、怒らせてしまったみたいだ。

「ちょっとリリムさん、最近様子がおかしくないっすか」

「おかしい？　わ、私がです？」

「そっすよ。この間、薬がなくなった時も、私がいたずら妖精だからって疑ってきっしたよね？」

「そ、それは……」

確かに先日、盗人《ぬすっと》に薬を全て盗まれた時、リリムはもしかしたらシルフが何かいたずらを企《たくら》んだのではと疑ってしまった。

お詫《わ》びにホットケーキを作ってあげたのだが、ペーシャにはまだしこりが残っているようだ。

「それにでっすよ？　昨日、冒険者さんに助言をしていた時、リリムさんはブラックベアの目玉を狙えとかって、めちゃ怖いこと言ってなかったすか？」

「き、聞いてたんですかペーシャちゃん」

「『微精霊の加護』を使って薬を盗んだ犯人捜しをしようとしてた時も、怖い顔して『泥棒をぶちのめして来ます』なんて言ってまっしたし」

「怖い顔なんてしてませんよ」

「してまっした」

ブラックベアかと思いまっしたよ、などと失礼なことを言われる。

まさか熊に例えられるとは思っていなかったリリムが軽くショックを受けていると、薬草に魔法を掛けていたティーミアがこちらに振り返った。

「そういえばさ、私もリリムの様子が変だと思ってたのよね」

「妖精王様もやっぱりそう思いまっすか？　リリムさんなんだか言葉に棘《とげ》があるし、顔がブラックベアになるしおかしいっすよ。もしかして調子悪いんすか？」

調子が悪くて顔がブラックベアになるのならば、それはもはや奇病の類ではないだろうか。

「顔がブラックベアになったかどうかは知らないけどさ。私が変だって言ったのはもっと分かりやすいことよ」

そう言ってティーミアが手に持っていた薬草を置き、ずいっとリリムの顔を覗《のぞ》き込んだ。

「リリムの目ってさ、そんなに赤っぽかったっけ？」

◇◆◇

——悪魔エンプーサ。

この魔物は【マナドレイン】と呼ばれる技を使用し、他生物から奪った魔力を食べる危険な生き物で、魔力を奪われた者は例外なく死に至るという。

このマナドレインによって、大昔に多数の被害者を出してしまった王都に残る文献には、『目が赤いエンプーサには特に注意が必要である』という記述がある。

エンプーサはしばらく食事が出来ず命に危険が迫ると、生存本能から瞳が赤く発色して攻撃性が増すのだ。

今回リリムがティーミアに『目が赤っぽい』と言われたのも、しばらく魔力を摂取出来ずにいたのが原因だ。

「すまない、気付くのが遅れた。思い出せば薬を全て盗まれたと言っていたな」

「いえ、気にしないでください。私もティーミアに言われるまで全然気付きませんでしたので」

夜。

薬の調合をあらかた済ませたリリムはルーゴ宅にお邪魔していた。

理由は一つ。

リリムがルーゴに食事をお願いしたからだ。

リリムの種族はエンプーサなので、通常は他の生き物から魔力を奪う必要があるのだが、代わりに『ロカの丸薬』という回復薬で魔力を補充している。

しかし先日、そのロカの丸薬も全て盗人達に盗まれてしまったので、リリムは魔力を補充する術《すべ》を失ってしまっていた。

ロカの丸薬を一から調薬するには、最低でも四日ほどかかる。

そのくらいなら大丈夫だろうとリリムは高を括《くく》っていたのだが、どうやら見通しが甘かったようだ。

ペーシャからは言動に棘があると、ティーミアからは目が赤くなっていると言われてしまった。

「言われてみれば確かに、瞳が僅かにだが赤くなっているな」

「エンプーサって飢えると目が赤くなるんですね。自分のことなのに知らなかったです」

「徐々にゆっくりと変化していくのなら気が付き難いだろうな。ペーシャはともかく、俺も最近はリリムと一緒に居ることが多かったから気が付かなかった」

リリムはここ最近、ルーゴと顔を合わせることが多くなっている。

ルーゴの正体を疑って警戒していた頃とは比べ物にならないほどに。

それは別にこの男に対して他意があってのことではない。

毎日忙しそうにしているルーゴにお弁当を作ってあげるようになったのも、以前に命を救って貰ったお礼としてである。

今回、ルーゴに食事――マナドレインを頼んだのも、リリムの正体がエンプーサだと知っている男性が他に居ないからである。

あくまで他意はないのだ。

「き、今日は良い天気ですね～」

「今は夜だぞ。それに空は曇りだ。いきなりどうしたんだリリム」

「な、なんでもないです」

と言い訳にならない言い訳をして、リリムはルーゴから視線を外して俯《うつむ》いた。

ルーゴにマナドレインをする。

そのことを考えると、リリムはどうも頭がパンクしそうになる気がした。

エンプーサが食事をする為に使う【マナドレイン】には主に二つの方法がある。

一つは口付けだ。食事の対象とキスを交わして魔力を摂取すること。

もう一つは対象と深く触れ合うこと。

リリムもこれについては知識として知ってはいるのだが、流石にこれを頼む度胸も肝っ玉も持ち合わせていなかった。

なので今回使用するマナドレインの方法は前者である。

「リリムを家に上げておいて今更だが、本当に良いのか？　なにやら緊張している様子だが、ロカの丸薬が間に合わずとも、ロカの実を直接齧《かじ》れば良いのではないのか？」

ソファに腰を下ろして俯いているリリムに、ルーゴが心配そうにコップを差し出す。どうやらココアを淹《い》れてくれたらしい。リリムはコップに口を付けながらそっと頷く。

「実はロカの実って毒があるんですよ。数個ほどなら大丈夫なんですが、一度に大量に食べると中毒になります」

「ロカの実がか？　それは初めて聞いたな」

「ですです。魔力回復の効果ばかりに目が行きがちですが注意が必要なんですよ。毒と薬は紙一重と言いますが、まさにそれですね」

ロカの実に毒があることはあまり知られていない。

通常、普通の人間がロカの実を中毒になるまで食べることがないからだ。

「もしロカの実を使った薬を使う時はルーゴさんも気を付けてくださいね。もしかすれば、毒抜きがされていない可能性もありますから。命に関わりますので」

ロカの実に含まれている毒は、最悪の場合は死に至る危険なもの。

いくらルーゴと言えども注意が必要だろう。

「まあ、俺は大丈夫だ」

「大丈夫って……即答しましたね。確かにルーゴさんはなんとなく大丈夫そうですけど」

「俺は死なない」

「へ？」

そう言ってルーゴがリリムの隣に腰を下ろした。

「体がロカの毒に侵されても、俺は絶対に死なない」

「ど、どういう意味ですか？」

「そのままの意味だ。俺はお前と同じでそういった『加護』を持っている。詳しくは話せないが、例え俺の体から根こそぎ魔力を奪われようとも死ぬことはない」

だから安心しろ、とルーゴは続けた。

その言葉の意味は分かる。遠慮は要らないと彼は言いたいのだ。

「リリム。お前も俺ならマナドレインをしても平気そうだと期待したんだろう？　だから魔力をくれと頼んできた」

「そ、そうですね。エンプーサにマナドレインされた相手は魔力がカラカラになって死んじゃうって話なので……」

王都にある文献にはそういった記述が残っている。

それ故にエンプーサは冒険者ギルドで危険生物として登録されているのだ。

だが、ルーゴの話では彼はマナドレインで魔力を奪われても絶対に死ぬことはないそうだ。それならば安心して食事が出来るだろう。

「そ、それじゃあ……遠慮なく」

「ああ、どんとこい」

「は、はい」

ほとんど老人しか居ないアーゼマ村で育ったリリムには、異性と口付けを交わすだなんて経験は一切ない。

要は免疫が全くないのだ。

いくらルーゴが死なないから遠慮は要らないと言ってくれても、別の意味で思わず遠慮してしまいそうになる。

さてどうしたもんか、とリリムがやきもきしていれば、

「なにやってんのよあんた達」

窓から厄介そうな声が聞こえてきた。

「て、ティーミア！　どうしてここに!?」

「『どうしてここに』はこっちの台詞《せりふ》よ！　なぁ〜んでリリムがルーゴの家に居て、そんなに顔を真っ赤にさせてるのよ！　何かやましいことしようとしてた訳じゃないでしょうね！」

「やましいこと!?　ちちちちち違いますよ！」

「何でそこで口籠《ごも》るのよ！　怪し過ぎるっつーの！」

鍵が掛かっていなかったのか、窓を乱暴に開け放ったティーミアが突撃してくる。

やましいことなんて言われてもリリムには一切そのつもりはない。ルーゴ相手に食事をしようとしていただけである。その方法がちょっとだけやましいだけだ。

「昼間、リリムの様子がおかしかったから心配で様子を見に行ったら、ペーシャが訳あって診療所には居ないって言うしさ！　こんな夜中にどこにと思って探してみたら、まさかルーゴの家に居るなんてッ！」

絶対やましいことしようとしてたでしょ！　とティーミアが顔を真っ赤にさせてリリムに摑《つか》みかかって来た。

寸前の所でルーゴがティーミアの首根を摑み取る。

「やめろティーミア」

「ちょっと離しなさいよルーゴ！　浮気なんて許さないわよ！」

「お前は何を言っているんだ」

彼女はルーゴと赤ちゃんを作ると宣言していたので、抜け駆けは絶対に許したくないのだろう。

確かに夜中に男女が一つ屋根の下に居るのは怪しいことこの上ない。

だからリリムは余計な疑いをかけられたくないので、人目のない夜に食事をしようとしたのだ。

生憎《あいにく》、一番厄介なティーミアに見つかってしまったが。

「違います！　違いますよティーミア！　私はただルーゴさんに食事を頼んだだけなんです！」

「食事ってこれのこと言ってんの!?」

ティーミアがテーブルの上にあるココアを指差す。

違う。

「食事ってあれです。前に言っていた【マナドレイン】のことですよ！　私、薬を全て盗まれてしまったので、魔力を補給するにはこれしかないんです！」

「ま、マナドレイン？　あー、前に確かそんなこと言ってたわね」

ティーミアがリリムの正体がエンプーサであることを知っているので、マナドレインについてももちろん知っている。

以前、リリムの正体がバレた時には、ティーミアはルーゴからマナドレインすることを許してくれた。

なのだが、

「でもさ、今更なんだけどルーゴにキスって出来なくない？」

「どうしてですか？」

「あいつ兜しててんじゃん」

ルーゴは真っ黒な兜を被《かぶ》っており、それは口元まですっぽりと覆い尽くす物である。それにルーゴは正体を隠しているので絶対に兜を脱ごうとはしない。

その状態でどうキスすんのとティーミアは言いたいのだろう。

「それにマナドレインの方法ってキスだけじゃないわよね」

「そうですね、もう一つだけ方法がありますよ」

その方法とは対象と深く触れ合うことである。

「じゃあやっぱりやましいことしようとしてたんじゃない！　あたしだって子供じゃないんだから意味は分かるんだっつーの！　このスケベ！　えっち！　変態！」

「変態!?　だから違いますって！　あ〜もう面倒臭いなぁッ！」

ティーミアの言い草に胸の内がなんだかむかむかしてくる。

リリム自身に自覚はなかったが、やはり食事が出来ずに魔力が枯渇してくると、ペーシャの言う通りで言動がとげとげしくなってしまう。

このままでは自分が何をしでかしてしまうか分からないので、リリムはテーブルにあったココアに口を付けて気分を落ち着かせる。

「ティーミア、大丈夫です。私もそう思ってちゃんと準備はして来たんですよ」

「何を準備するってのよ」

「目隠しを持って来ました。これを私が着ければ、ルーゴさんも遠慮なく兜を外せますよ」

「目隠ししてキスするの？　余計に変態じゃない」

うるせぇ。

「変態じゃ悪いんですか？」

「は」

もういいや、とリリムは吹っ切ることにした。

「目隠しをしてキスしたがる私はそうです、変態ですよ。別に良いじゃないですか変態で。エンプーサって西の大陸では淫魔サキュバスって呼ばれてるそうですし」

「サキュバス？　ちょちょ？　り、リリム？」

「でも私には必要なことなんです。魔力を補給しないと飢えて死ぬんですよ。目が赤っぽくなるのはその傾向だと本で読みました」

「赤っぽくなるっていうか、もう真っ赤になってるんですけど……」

吹っ切れて頭に血が上ったせいか、リリムの瞳の色が目に見えて変化していく。元は緑色だったその目が、今は完全に赤く発色してしまっていた。

「ティーミア、離れていろ。リリムの様子がおかしい」

ティーミアの首根を摑んでいたルーゴがその手を離す。

「ちょっと、リリムったら本当におかしくなってるじゃない」

「少しまずいな。後は俺に任せてお前は家に帰れ」

家に帰れと言い付けられてティーミアは押し黙る。自分が余計なちょっかいを掛けてしまったと自覚しているのだろう。

「じ、じゃあね。リリム、何か……ほんとごめんね」

申し訳なさそうにしてティーミアがルーゴ宅からおずおずと出て行った。

これでやっとこさ余計なお邪魔虫が居なくなったとリリムは清々する。

これ以上、食事を焦《じ》らされれば自分でも自分が何を起こしてしまうのか分からなかった。まるで自分が自分じゃないみたいだ。体を思い通りに動かせない。口からは思った以上の言葉が出て来る。きっと全て本能で動いてしまっているのだろう。

「ルーゴさん、これでやっと二人きりですね」

「ああ、それはそうだがリリム、大丈夫なのか？」

「大丈夫ですよ。そんなことよりもさっきの続き、始めましょうよ」

リリムは先ほど取り出した目隠しを頭に巻いて視界を覆う。

これで目の前は真っ暗だ。ルーゴが兜を取ってもその素顔は見えない。

正直、この男の正体はやはり気になるところであるが、今はそんなことは気にしていられない。

胸の内にあるむかむかが未《いま》だに取れないのだ。

リリムはこのむかむかが余計なことをしてきたティーミアに対する苛立《いらだ》ちかと考えていたが、どうやらそうではなかったらしい。

餌だ。餌を欲しているのだ。

「兜を取ったぞ。いつでも来い。早く元のお前に戻れ」

ことっ、とテーブルの上に重たい何かが置かれる。

目隠しで何も見えないが、ルーゴが外した兜をテーブルの上に置いたのだろう。

兜のせいでこもったような声でしか聞こえなかったルーゴの声が、今ははっきりと透き通るように聞こえる。

ああ、本当はこんな声をしていたんだ。

年齢はいくつくらいだろうか。

そこまで歳《とし》を重ねた声ではない。若い。

リリムはルーゴのことをもっとずっと年上だと思っていたので意外だった。

でも成人はしているだろう。そんな声質、歳が近いという訳ではなさそうだ。

二十は超えている。二十五くらいだろうか。

若いと言ってもその魔力はとても熟成している筈《はず》。

とても美味《おい》しそうだとリリムは感じた。

「ルーゴさん、どこですか？」

すぐ近くに居ることをリリムは知っている。

だが、向こうから来て欲しかった。

腕を伸ばせば、大きな手がこちらを迎え入れてくれた。

「ルーゴさん、すごく美味しそうな魔力をしていますね。良いですね、好きですよ。魔術師なだけはあります。他の人とは違いますね」

「そんなことも分かるのか？」

「はい。エンプーサの私には分かるんです」

視界を隠しても本能で理解出来るのだろう。

ルーゴが胸の内に秘める魔力はとても熟成されている。それが分かる。

「この魔力で私を助けてくれたんですね。リーシャ様に殺されそうになった時に、重力魔法で私を聖教会の外へ逃がしてくれた」

「そんなこともあったな」

「嬉しかったですよ。私、ずっと怯《おび》えていたんです。魔物だってバレたら居場所がなくなってしまうんじゃないかって。でも、ルーゴさんは守ってくれた」

この魔力でだ。

その魔力を今から食べてしまう。

「ふ、ふふ……。それじゃあ、頂きますね？」

「食べ過ぎるなよ。また魔力超過になってしまったら大変だ」

「魔力超過になるまで食べたい気分ですけどね」

リリムが頭を上に向ければ、向こうからも気配が近付いてくる。

――マナドレイン。

唇が触れ合えば、温かい物が胸に流れ込んで来た。

溢《あふ》れんばかりの魔力が体中に満ち満ちていくのを感じる。

腹が膨れていく。胸のむかむかが取れていく。

「ん……んぅ」

思わず息が漏れてしまうほど、美味しい。

やはりルーゴに頼んで正解であった。

この味は彼でしか味わえないだろうと本能で直感する。

このまま終わりにはしたくない。

もっともっと食べていたい。

「……ルーゴさん」

「なんだ」

「もっと、欲しいです」

「まだ食い足りないのか」

リリムがこくりと頷くと、覆われた視界の奥から溜息《ためいき》が聞こえて来た。きっとまた、困ったように頬を掻いているのだろう。ルーゴの癖だ。

「良いだろう。いくらでも持って行け」

「ふふ、ありがとうございます。お腹《なか》いっぱいにさせてくださいね」

「まさか腹が減るとここまで性格が一変するとはな。エンプーサも大変だな」

「そうなんです、大変なんです。だから、これはしょうがないことなんです」

リリムが上着を脱ぎ捨てると、再びルーゴの溜息が聞こえてくる。

今日だけはリリムも悪魔になれる気がした。

第3話　『炎』と『土』のフレイムゴーレム

目を覚ますと診療所の寝室だった。

「う～ん、良い朝ですね」

なんて寝覚めの良い朝だろうか。リリムはいつもより軽く感じる体を起こして、一つ欠伸《あくび》をしながら全身を伸ばす。

「さて、診療所を開ける準備をしないと……」

ふと、時計を見ると太針は十一時を指していた。

「だっは！　え、十一時!?　完全に寝坊じゃないですか！」

慌ててベッドから飛び降りたリリムは大急ぎで身支度を整える。

普段は朝の六時には診療所を開ける準備を整えているというのに、何故《なぜ》か今日は大寝坊をかましてしまった。

理由は分かっている。

昨日、夜更かしをしてしまったからだ。

ルーゴの家で。

「ぺ、ぺーシャちゃん！　すすすすみません、寝坊してしまいました！」

「やっと起きたんすか」

急いで階段を下りて行けば、居間でくつろいでいたペーシャが呆《あき》れた表情で肩を竦《すく》めていた。

「ごめんなさいペーシャちゃん。でも起こしてくれれば良かったのに」

「リリムさん調子悪そうだったので、寝かせてあげたんでっす。意地悪じゃなくて気遣いでっすよ。気遣い」

「体調のことを気にしてくれているのなら、もう大丈夫ですよ」

なにせルーゴに頼んで魔力を補給させて貰《もら》ったのだから。

ティーミアに赤っぽいと言われた目も、先ほど鏡で確認するとちゃんと元の色に戻っていた。

「そういえばペーシャちゃん、私が寝ている間にお客さんは来なかったですか？」

「そっちこそ大丈夫っすよ。誰も来なかったので暇でっした」

「本当ですか？　それは良かったです」

リリムはほっと胸を撫《な》で下ろす。

診療所の経営的には良くないかも知れないが。

「来たのは妖精王様一人だけでっすね。リリムさんがおねむだったので、帰りましたけど」

「ティーミアがですか？」

「はいっす。昨日は妖精王様が余計なちょっかいを掛けたせいで、リリムさんの様子がおかしくなったそうじゃないでっすか。それを謝りたいって言ってましたね」

「ああ、そういうことですか」

リリムは昨夜、ティーミアにマナドレインの邪魔をされてしまった。

それに加えて変態だの、スケベだの、えっちだのと罵られて少しだけ頭に来たのを覚えている。

よくよく考えてみればそこまで怒るほどのことではなかったかも知れない。

「それで私、気になってしまったんすけど」

ソファでくつろいでいたペーシャが身を起こし、こちらに怪訝《けげん》な視線を向けて来る。何か含みのあるその顔にリリムは思わず身を引いてしまう。

「妖精王様が思わず邪魔に入ってしまうって、リリムさんはルーゴさんに何したんすか」

「へ」

何をしたと言われてもリリムは【マナドレイン】をしたとしか言えない。

具体的にどうと問われれば返答に困ってしまうのだが。

「何で顔を真っ赤にさせてるんすか」

ジトリとした視線がペーシャから飛んでくる。

「さ、させてません」

「言い訳無用でっす。真っ赤でっす。で、何したんすか」

「マナドレインしただけです」

「具体的には？」

「し、しつこいですね。絶対に言いたくありません」

もっと魔力が欲しいとねだったことは覚えている。

その後のことは、リリムもよく覚えていない。あの時はティーミアが言っていたようにおかしくなっていたのだろう。その自覚はある。

「いひひ、夜更かししてお寝坊するってことはそういうことっすよね。まあ良いんじゃないっすか？　リリムさんも年頃でしょうし」

「そういうことってどういうことですか」

「大人しそうな顔してやりまっすね」

「だからマナドレインしただけですって。いい加減にしないと今日のお昼ごはんと晩ごはん、作ってあげませんよ」

「えは!?　うわわわわごめんなさいでっす。もう聞かないでっす」

「よろしい」

ごはんを人質に取れば、かの悪名高いいたずら妖精もこの通りである。

これでやっと仕事に取り掛かることが出来るだろう。

昨日はルーゴ達《たち》に薬作りのお手伝いをして貰ったので十分な量を調薬出来たが、診療所を経営していくにはまだまだ数が足りない。

「ではペーシャちゃん、私はお昼まで薬の調合をしてきますので、お客さんが来ましたら教えてください」

「お客さんならもう来たみたいっすよ」

リリムが調薬室に向かおうとすると、丁度玄関の扉がノックされた。ペーシャの言う通りお客さんが来たようだ。

玄関を開けると、腰に剣を携えた冒険者の男が立っていた。

「あ、ガラムさん。おはようございます」

「おはようってもう昼だぜリリム。お前さん、さては寝坊したな？」

「し、してません」

診療所にやって来たのは、Bランク冒険者のガラムだった。

ガラムはルーゴに修行を付けて貰っている低ランク冒険者達の引率としてアーゼマ村に滞在している。もののついでに彼もルーゴから剣技を教わっており、最近では剣に炎を纏《まと》わせる『炎剣』を習得するまでに成長した。

「おや？　ガラムさん怪我《けが》してるじゃないですか」

よく見るまでもなく、ガラムは全身傷だらけであった。擦り傷から、打撲のような痕、そして何故だか火傷《やけど》まで見受けられる。

「どうぞ中へ。今すぐ治療しましょう」

「ああ、そっちは後でいいや。大した怪我じゃないしな。それより、こいつらがリリムに頼みたいことがあるんだってよ」

「私に頼みたいこと？」

ガラムが下がると代わりに前に出て来たのは年若い二人の冒険者。

「こんちわっス！　今日はリリムさんにお願いがあって来ました！」

片方、快活な笑みを浮かべているのはＤランク冒険者のフレイルだった。

「私にお願いって何ですかフレイルさん」

「この間、リリムさんがいつも薬草を採取している草原に行ったじゃないっスか？　またあそこで薬草の採取に挑戦したいなと思いまして！」

二日前、リリムの薬草採取に付いて来たフレイルは希少価値があるという『レッドクローバー』を採取しようとしたが、ブラックベアに邪魔されて薬草を採取することが出来なかった。

今回、そのリベンジがしたいとのことらしい。

「別にマオス大森林は誰の土地という訳でもないので、誰がどこで薬草を採取しようと許可はいらないですよ」

と言いたいところだが、リリムは『ですが』と続けてフレイルに薬草採取の許可は下ろさなかった。

「またブラックベアに襲われたらどうするつもりですか？　ブラックベアだけじゃなく、あの森には魔物がうじゃうじゃ居るんですよ？　診療所を営む薬師として、そのリベンジに許可は出来ません」

リリムもマオス大森林に一人で薬草を採取しに行くことがあるが、あれは『微精霊の加護』を使って魔物との接触を避けることが出来るからこそだ。

ブラックベア一匹にすら対処出来ないフレイルをあの森に送ることは出来ない。

「その心配は要らないわよリリムさん！」

「セシリアちゃん？」

リリムを訪ねて来た二人の冒険者。

もう一方はフレイルと同じくDランク冒険者のセシリアだ。

「何も無策で挑もうって訳じゃないわ！　昨日一日、フレイルと特訓して『新魔法』を開発したんだから！」

「し、新魔法!?」

フレイルとセシリアはルーゴに魔法の覚えが良いと言われていたが、まさか新しい魔法を開発出来るほど才能があるとは思わなかった。

驚愕《きょうがく》するリリムを見て気を良くしたのか、セシリアはふふふと不敵な笑みを浮かべて地面に手の平を叩《たた》き付けた。

「これが私達の新魔法――【フレイムゴーレム】よ！」

地面から巨大な腕を伸ばし、姿を現したのは一見普通のゴーレムだ。しかしフレイルが【火炎魔法】を行使して炎を纏わせれば、岩石で出来たその体が炎と融合して真っ赤に燃え盛った。

『ウゴオオオオオオオオオオオオオオオッ！』

「どわぁ!? なんですかこれ!?」

「さっきも言ったでしょリリムさん、フレイムゴーレムよ！」

「どっスか！ すごいでしょうッ！」

ドヤ顔のセシリアとフレイルの後ろで、フレイムゴーレムと呼ばれた異形の化け物が口から炎を吐いている。非常に暑苦しい。

それだけではない。

ゴーレムの右拳はあまりの熱でドロドロに溶けており、触れるもの攻撃したものを全て燃やし尽くしてしまいそうだった。

「ちょ、もしかしてそのゴーレムを森に解き放つつもりですか!? 大火事になりますよ!?」

「ちっちっち」

セシリアが舌を鳴らして指を振ると、ゴーレムの両肩に載せられた筒状の物体から水がドバッと吹き出した。

「既に対策済み。私の得意な【水魔法】もちゃんと組み込んであるから、火事の心配なんて要らないわ」

「す、すごいですね。水と火を備えた【土魔法】だなんて」

「実力も証明済みよ。Bランク冒険者のガラムさんと模擬試合をして勝利してるからね」

「ああ、それでガラムさんは怪我してたんですね」

ちらりと視線を向ければ、ガラムはむすっと不貞腐《ふてくさ》れたような顔をしていた。

「負けてねぇよ」

「まさかその有様で言ってるんですか？」

「うるせぇわッ！　しょうがねぇだろ！　あんな暴力の塊みたいな魔法をどうしろっつーんだよ！　俺の剣もドロドロに溶かされたんだぞ!?」

見てみろよ、と言ってガラムが腰にあった剣を引き抜けば、鍔《つば》から先にある筈《はず》の剣身が溶かされてなくなってしまっていた。

「う、うわぁ……」

悲惨。

「その魔法、ルーゴさんとも良い勝負出来るんじゃないですか？」

「さっき一撃で粉砕されたわ」

「もう挑んでたんですね」

それで負けたと。

昨日、魔力をマナドレインされたばかりだというのに、ルーゴはどうやらぴんぴんしている様子だ。マナドレインした側のリリムは大寝坊をかますほど疲れていたのだが。

「ルーゴさんは無理でも、森に居る魔物なら全然大丈夫そうですね」

「そうよ。ブラックベアなんてもう敵じゃないわ！　しかも強いだけじゃなくてね、実はこのフレイムゴーレムは全自動タイプなの！」

「全自動？　まさか薬草を採って来てって言ったら、本当に採って来てくれる感じなんですか？」

「その通り！」

得意気にセシリアが指を弾《はじ》く。

リリムにとって魔法は未知の世界だが、全自動で薬草を採って来てくれる魔法まで存在するとは知らなかった。

ややもすれば、セシリアとフレイルが初めて開発した魔法なのかも知れないが。

もしセシリアの話が本当なのならば、全てフレイムゴーレムに任せればブラックベア等の魔物に襲われる心配もないだろう。魔法の使用者は家で紅茶でも飲んで待っていれば良い。

「すごいですね、ちょっとやってみましょうよ。私も少しだけ足りない薬草があったので、出来れば採ってきて欲しいんですよ」

「お安い御用っスよ！　このフレイルに任せてください！」

「ちょっとフレイル！　私の魔法が主体なんだからね！　そこんところ勘違いしないでよ！」

「分かってるって！　じゃあほらセシリア、お前が主体の魔法なんだから、早くフレイムゴーレムに薬草採取行かせようぜ！」

「はいはい。言われなくてもそうするわよ。それじゃあフレイムゴーレム、さっそく行ってきなさい！」

『ウゴゴッ！』

セシリアが腕を振るって命令すれば、フレイムゴーレムはマオス大森林へと走り出した。

課せられた任務はレッドクローバーとリリムがお願いした薬草採取。果たして成功するのかはさておき、ゴーレムが帰ってくるまでのんびり待つとしよう。

「フレイルさんとセシリアちゃん、ゴーレムが帰ってくるまでお茶でもどうですか？　お饅頭《まんじゆう》もありますよ」

「え、良いんスか!?」

「まあただ待ってるのも暇だし、お邪魔しよっかなぁ」

フレイルとセシリアは歳《とし》も近いのでぜひお友達になりたい。

冒険者は普段どんなことをしているのかも聞いてみたいところだ。

「俺は？」

背後でガラムが怪訝そうな表情でぽつりと漏らす。

「も、もちろん忘れてませんよ」

「嘘《うそ》吐《つ》け、ぜってぇ今忘れてただろ」

「忘れてません。ささ、怪我を診てあげますからガラムさんも中へ」


「相変わらずすげぇな、お前さんの薬。もうすっかり痛みが引いちまったぜ」

「でしょう。この私が作ったんですからねっ」

フレイムゴーレムをマオス大森林に送ってから約三時間。

リリムはガラムの怪我の具合を見ながらゴーレムの帰りを待っていた。

「痛みが引いたといっても傷が完全に治った訳ではないので、しばらくは無茶しちゃ駄目ですからね」

「おいおいリリム、無茶するのは冒険者の仕事だぜ？」

「ガラムさん、本当に駄目ですからね」

へらへらとおちゃらけるガラムをリリムはジトリと睨《にら》みつける。

ガラム本人は大した怪我ではないと言っていたが油断は禁物である。あの炎を身に纏うゴーレムに殴られて出来たという火傷は、体の内部にまで熱傷を負わせていた。

今はリリム特製の軟膏《なんこう》を塗っているので、ガラムがちゃんと大人しくしていれば明日にでも完治するだろう。火傷以外の怪我も同様だ。

「それにしてもフレイムゴーレムってすごいですね。ガラムさんをこんな有様にしちゃうだなんて」

「こんな有様って言うなよ」

話ではガラムの剣もドロドロに溶かしてしまったそうな。

「リリムは俺のことをどう思ってるのか知らねぇが、俺だって実力でBランク冒険者に上り詰めたんだぜ？　あのゴーレムが強過ぎるんだよ。あの魔法ならブラックベアだけじゃなく、大概の魔物は難なく倒せるんじゃねぇか」

とんでもねぇ魔法作ったなと現役のBランク冒険者に褒められて気を良くしたのか、フレイルとセシリアはリリムに差し出された饅頭を頬張りながら得意気に鼻を鳴らしていた。

「ふふふ、あったり前でしょ！　私とフレイルが作った魔法なんだから！」

「この間、ルーゴ先生に言われたじゃないですか。少しは考えろって。だから俺とセシリアの魔法を合体させてみたんですよ！」

「なるほど、それであの魔法を作ったんですね」

マオス大森林での薬草採取を終えた後、ルーゴはまだまだ未熟なフレイルとセシリアにやたらと厳しく当たっていた。

それが結果として、Bランク冒険者よりも強力なフレイムゴーレムを生み出すきっかけとなったのならば、ルーゴの教育方針は正しかったのだろう。

「ちなみにフレイルさんとセシリアちゃんは随分と仲が良さそうですけど、一緒にパーティを組んでいたりするんですか？」

「そうっスね。俺とセシリアはラルドって村の出身で幼馴染《おさななじみ》なんスけど、冒険者に憧れて王都のギルドに一緒に登録したんス。まあその成り行きでパーティを組んだ感じですね」

「へぇ～、幼馴染なんですか。いいなぁ～」

リリムはアーゼマ村で生まれ育った訳ではないので、歳の近い友人と呼べる者が居ない。もちろん幼馴染も。なのでフレイルとセシリアの関係には少し憧れてしまう。

それに加えてリリムは恋愛小説を愛読している年頃乙女の十五歳なので、幼馴染だなんて定番中も定番なフレイルとセシリアを、どうしてもそういう目で見てしまう。

「もしかしてお付き合いをしていたりとか……？」

なんて聞いてみれば、

「なッ!?　そそそんな訳ないでしょリリムさん！　だ、誰がこいつとなんか！」

「すんごい否定しましたね」

なにやら急速赤面したセシリアが、何をそんなに慌てているのか大声で否定する。ははん、さてはセシリアの方にその気があるなとリリムは勘繰る。

「フレイルみたいなデリカシーのない奴《やつ》と誰が付き合うかっての！　この間も広場に行くぞって急に手を握ってくるし！　一緒に魔法の練習をしようとか勝手言って強引だし！」

などと散々な言いようではあったが、セシリアは顔を赤らめたままである。聞いてもいないことをぺらぺら喋《しゃべ》るあたり、手を握られたことも強引なところもまんざらではなさそうだ。

反対にフレイルの方は、

「リリムさん、この饅頭美味《おい》しいっスね！」

と人の話をまるで聞いていなかった。

上の空である。確かにデリカシーはないのかも知れない。

後ろで本を読んでいたペーシャも『先が思いやられまっすね』と肩を竦めていた。


「あ、やっと帰ってきたみたいですね」

その後、更にもう二時間ばかしフレイル達と談笑していると、診療所の玄関先がズシンと大きく揺れた。

どうやら薬草採取に向かわせたフレイムゴーレムが帰ってきたようだ。

あと少しゴーレムの帰りが遅ければ、魔法の実験は失敗と判断するところであった。

玄関を開ければ、フレイムゴーレムが岩石で作られた大きな箱を小脇に抱えてリリム達を待っていた。

「お疲れ様ですゴーレムさん。結果はどうでしたか？」

『ウゴゴッ！』

岩の箱をリリムに差し出してゴーレムがぐっと親指を立てる。

感情表現が豊からしい。一体どういう理屈なのだろうか。

逆にセシリアが『ちょっと！　随分と遅かったじゃない！』と責め立てれば、ゴーレムは申し訳なさそうに頭を下げていた。

「うわっ、すごいですね。ちゃんと薬草を採って来てくれてますよ！　あ、でもただの雑草もたくさんありますね」

フレイムゴーレムが持ち帰った箱に入っていたのは、薬草が少々とその他は全てただの雑草であった。

実力は申し分ないのだが、聞き分けはそこまでらしい。

「まあ。このフレイムゴーレムに薬草と雑草を見分ける機能はないからね。目的地まで辿《たど》り着いたら、辺りの植物をただ採ってくるだけなの」

「流石《さすが》に魔法でも選別機能は付けられないんですね」

ゴーレムを作ったセシリアが言うには、いくら魔法といえども雑草と薬草を見分ける能力はないそうだ。

結果は完璧とは言い切れないが、放置しているだけでこれだけ薬草を採って来てくれるのなら十分だろう。

「しっかしすごい傷だなぁ。もしかして魔物にやられたのか？」

『ウゴッ』

フレイルがゴーレムの体に付いていた損傷を見て、心配そうに傷痕を撫でていた。やはりマオス大森林に踏み込めば魔物との接触は避けられないらしい。

鋭い爪で斬り裂かれたような痕から、嚙《か》みつかれたような痕まで、更には何か強い衝撃でも受けたのか岩の体が砕かれて崩れている所もある。

岩で出来た体に損傷を与えるどころか、この燃え盛るフレイムゴーレムに襲い掛かる魔物が居るとはリリムも驚きを隠せない。

「ガラムさんより強いゴーレムさんがここまでやられるなんて。私、マオス大森林を少し甘く見てたかも知れません」

リリムはこれまでに何度も一人でマオス大森林に踏み込んでいる。

微精霊の加護で魔物との遭遇を避けることが出来なければ、Bランク冒険者以上の実力があっても一筋縄ではいかないということなのだろうか。

「リリム、お前さんは知らないかも知れないが、うちのギルドではマオス大森林の攻略難度は『Aランク』ってことになってるぜ」

「Aランク？　それってどのくらいなんです」

「お前さんに分かり易《やす》く言うならそうだな。同じくAランク冒険者のラァラさんって居ただろ？

あの人くらいでようやく挑めるレベルってことだ」

「えぇ……ラァラさんて冒険者ギルドのマスターですよね？　そのくらいでやっと挑めるレベルってやばいじゃないですか」

「当たり前だろ。危険生物に指定されてる『ブラックベア』だけじゃなく、『デスワーム』とか『キラービー』までわんさかと居るんだぜあの森にはよ」

よくこんな森の隣に村なんて作ったもんだな、とガラムは苦笑いしていた。

リリムも元を辿れば余所者《よそもの》なので、確かに何故、マオス大森林のすぐ近くにアーゼマ村が作られたのかは疑問である。攻略難度がAランクというのならばなおのことだろう。

通常、餌が豊富にあるマオス大森林から魔物が出て来ることはほとんどないので、安全と言えば安全なのだが。

「極めつけは『ストナウルフ』だな。こいつの存在だけで難度を上げてると言っても過言じゃねぇ」

「ストナちゃんがですか？　あんなに可愛《かわい》いのに」

ストナウルフは額に一本の角を生やしたオオカミ形の魔物だ。

以前、リリムはルーゴから【召喚魔法】を教わった時にこの魔物を召喚している。

その時、呼び出したストナウルフの『ストナちゃん』は確かに強暴そうな見た目をしていたが、慣れれば普通の犬と変わりはなかった。

毛並みもふわふわで、名前を呼べば『ワンッ』と鳴いて頬を擦り寄せてくる。そんな愛くるしい気性をしたストナウルフが、攻略難度を上げているとはリリムは思えなかった。

「可愛いって犬みたいに言うな。あいつは一匹でAランク冒険者と同じくらい強ぇんだぞ。お前さんはその認識を改めた方が良いぜ」

「は、はぁ……。分かりました」

「あまり分かってねぇみたいだな」

「い、いや、本当に分かりましたよ。マオス大森林が思っていた以上に危険な所だったってことは」

Bランク冒険者以上の実力があるフレイムゴーレムが、あれほどの損傷を負って帰ってきたこと。そして薬草採取に行って帰ってくるまでに計五時間以上も費やしたことを考えれば、ガラムが話した攻略難度は十分に納得出来る。

それならばフレイルとセシリアが生み出したこの【フレイムゴーレム】に、もう一つだけ工夫を加えてあげれば、より良い結果を得られるのではないだろうか。

「お目当てだったレッドクローバーはないわね。というか私、どれが薬草か分からないんだけど」

「ほとんど雑草じゃないか？」

「くっそ～、今回は失敗かぁ～」

「この【土魔法】って結構魔力使うんだろ？　あまり労力に見合わないかもな」

「少し考え直した方が良いかもね」

後ろでゴーレムが持ち帰った箱の中身を見て項垂《うなだ》れているフレイルとセシリアに振り返って、リリムは一つ提案をしてみる。

「フレイルさん、セシリアちゃん。次は私の『微精霊の加護』をゴーレムさんに付けてみませんか？」

と言えば二人は首を傾《かし》げていた。微精霊なんて何かの役に立つのかと言いた気に。

それは微精霊を甘く見過ぎだろう。

『微精霊の加護』を持つリリムは知っているのだ、彼らがどれだけ有能なのかを。

今回もきっと彼らは役に立ってくれる筈だ。リリムの思い通りになるのならば。

第4話　得体の知れない魔物

マオス大森林には多数の強力な魔物が潜んでいる。

この森の攻略の鍵は、如何《いか》にして魔物との接触を回避するかだろう。それにうってつけの能力をリリムは持っている。

――次の日。

リリムが持っている『微精霊の加護』を使用する前提で、セシリアが微調整を施した【フレイムゴーレム】をマオス大森林へと出発させる。

「それでは微精霊様、よろしくお願いします」

「フレイムゴーレム、今度こそ頼んだわよ！」

『ウゴッ！』

リリムがお願いすれば微精霊がマオス大森林へと宙を漂いながら進んで行く。その後をフレイムゴーレムが追う。

このゴーレムをただ目的地まで向かわせれば、魔物との交戦は避けられない。ならば、微精霊に魔物が居ない道を選んで貰《もら》い、その後をゴーレムに付いて行かせれば良いのだ。

そうすれば魔物による余計な邪魔がないので、ゴーレムが帰ってくるまでの時間をぐっと短く出来るだろう。薬草採取の効率もきっと上がる筈《はず》だ。

それとは別にもう一つ、目的地に辿《たど》り着いた微精霊に『薬草の選別』も担って貰えば、ゴーレムが持って帰ってくるのがほとんど雑草といった問題も解決だ。

「リリムさんのその『加護』ってめちゃくちゃ万能じゃないスか？　お願いしたらどんなことも出来そうっスね」

「ふふふ、そうでしょう。微精霊様はとても優秀なんです」

リリムの指先に漂う微精霊がふよふよと小躍りを始める。

フレイルに褒められたことがとても嬉《うれ》しいようだ。

「まあ、なんでも出来る訳ではないので万能とは言えないですけどね」

「そうなんスか？」

微精霊は頭が良くないので複雑なお願いは聞いてくれない。

「例えば朝の六時に起こしてくださいって言っても、微精霊様は時間というものが理解出来ないので起こしてはくれませんね」

「時計の針が六に来たらって言えばどうスか？」

「文字も読めないので駄目です」

「あ〜、そういう感じなんスね。確かに万能ではないかも」

ただし、教えればどれが薬草なのかは覚えてくれるので、今回の薬草選別には十分な働きを期待出来るだろう。

目的地の草原も元々リリムが薬草採取をしていた場所なので、微精霊もあの場所を覚えてくれている。ゴーレムの誘導も果たしてくれる筈だ。

「微精霊様とゴーレムさんが組めばきっと今回は成功しますよ」

「そっスね！」

なんて期待して待っていれば、

『ウゴゴッ！』

「あれ？　もう帰って来ましたね」

ものの二時間程度でフレイムゴーレムがマオス大森林から帰って来た。前回の五時間と比べれば大幅な進歩だ。片道一時間は驚異的なスピードだろう。

それに今回は目立った外傷もない。

微精霊のお陰で魔物との接触を避けることが出来た証拠だ。

「フレイムゴーレム！　箱を見せてみなさい！」

『ウゴッ！』

ゴーレムが小脇に抱えていた箱の中身をセシリアが確認すれば、そこには大量の薬草が目一杯に詰め込まれていた。

中でも一際目立つ薬草をセシリアは手に取る。

「ちょっとこれ、レッドクローバーだわ！　それもいっぱいあるじゃない！　やったやった！　大成功よ！」

「うわ、まじか!?　二十個くらい入ってるぞ！　すげぇ！」

喜びのあまり、レッドクローバー片手に飛び跳ねるセシリアとフレイルがハイタッチ。後ろのゴーレムも表情はないがガッツポーズで感情を表現していた。

微精霊も褒めて欲しいのか、リリムの周りをくるくると回り始める。

「はいはい、お疲れ様です微精霊様。流石《さすが》ですよ」

指で撫《な》でてあげれば、微精霊は嬉しそうに光を瞬かせていた。

「これを繰り返せば私達《たち》、大金持ちよフレイル！　もう冒険者ギルドの依頼で危険な魔物を相手にする必要なんてないわ！　一緒にラルド村に帰って大きな家建てようよ！」

「おや？　セシリアちゃんやりますね」

その発言はもう告白に近いのではないだろうか。

セシリアの思い切った発言にリリムはフレイルに視線を投げる。

「何言ってんだセシリア！　これを売ったお金で装備整えて、もっと難しい依頼に挑もうぜ！　Aランク冒険者になれば、もっと大金持ちになれるだろ？」

「なんでよ！　安全にレッドクローバーを採れればそれで良いじゃない！　それに調整さえすれば、

もっと良い物だって採って来られるようになるわ！」

「馬鹿を言え、今回はリリムさんの『微精霊の加護』があったから成功しただけなんだぞ？　大きな家を建てる前に、もっと魔法の修行をして【フレイムゴーレム】を強化しねぇと！」

「うぐぐ……。た、確かにそうね」

フレイルの言い分はもっともだろう。

今回の成功はリリムの『微精霊の加護』があって初めて得られたものだ。

いつもリリムの協力を得られる訳ではないので、セシリア達は加護なしで十分な結果が得られるように、修行をして【フレイムゴーレム】を強化しなければならない。

今のままでもBランク冒険者以上に強いので、フレイルとセシリアが更に鍛錬を詰めば、Aランク冒険者も夢ではないだろう。

「もっと鍛錬すれば、もしかしたらルーク様みたいなSランク冒険者になれるかも知れないぜ！」

「……そうね。ま、まあフレイルがそう言うなら……もうちょっと頑張ってみようかな？」

「目標はまず往復一時間だ！　もう一回頼むぜフレイムゴーレム！」

『ウゴゴッ！』

成功体験を得てやる気が漲《みなぎ》ってきたのか、フレイルが腕を振ればフレイムゴーレムが身に纏《まと》っている炎がその勢いを強めた。

ため息交じりにセシリアが手の平を地面に付けると、盛り上がった岩や土が次々にゴーレムの体を補強する。

『ウゴゴゴオオオオッ！』

更なる強化を受けたフレイムゴーレムが咆哮《ほうこう》をあげてマオス大森林へと突撃していく。リリムに撫でて貰っていた微精霊は慌てた様子でゴーレムを追い掛けて行った。

「フレイルさん、セシリアちゃん。そんな連続で魔法を使って大丈夫なんですか？【フレイムゴーレム】を維持するだけでも魔力を使うんじゃないです？」

「大丈夫っス！　確かに魔力は使いますけど、こうやって何度も繰り返せば体力みたいにスタミナが付くんスよ！　ルーゴ先生がそう言ってました！」

「ははん、なるほど。これも修行の一環という訳なんですね」

「わ、私はちょっと疲れてきたかも……」

未《いま》だ溢《あふ》れんばかりの活力を見せるフレイルとは対照的に、セシリアはへろへろとその場に座り込んでしまった。

いくら冒険者といってもやはり女の子か。

男のフレイルよりは体力がないようだ。

「お、おい。大丈夫かセシリア？　今日はやっぱりやめとくか？」

「大丈夫とは言えないけど、これぐらいでへこたれてたらあんたに付いて行けないでしょ？　やめないわ、むしろばっちこいよ」

「流石セシリア、そうこなくっちゃな」

フレイルが手を差し出すと、その手を取ったセシリアが立ち上がる。

そんな二人の様子を見ていたリリムは、どうしてルーゴが彼らに厳しく当たったかの理由が分かった気がした。

フレイムゴーレムなんて魔法を作り出す才能を見せるばかりでなく、ひたむきに努力しようとするフレイルと、それに付いていこうとするセシリアには大きく成長して欲しかったのだろう。

休日を与えられてもなおマオス大森林に挑もうとするのが良い証拠だ。

とは言え、やはり休息は必要だろう。

「お二人とも、また診療所でお茶しませんか？　やる気十分なのは良いですが、少しばかり休憩してもバチは当たらないですよ」

「良いんスか!?　じゃあお言葉に甘えようかな！」

「賛成～！」

リリムは魔力を消耗しているセシリアとフレイルを診療所へと案内する。

後は送り出した【フレイムゴーレム】を待つだけなので、その間に休んで魔力を回復させれば、少しでも長く魔法を維持することが出来るだろう。

繰り返していけば、フレイルが言った目標である往復一時間も達成可能な筈だ。

だが、マオス大森林からフレイムゴーレムが帰ってくることはなかった。

◇◆◇

「ん？　あれ……？」

それはフレイムゴーレムを送り出してから一時間半後のことだ。

突然、赤い光を瞬く微精霊達がリリムの周りを漂い始めた。

「び、微精霊様？　急にどうしたんですか」

「かまって欲しいんじゃないの？」

ソファの上でくつろぐセシリアが他人事《ひとごと》のように言う。

「いや、こんなことは初めてです」

通常、微精霊が姿を見せるのはリリムが『微精霊の加護』を使用した時だけなのだが、今はこの加護を使ってはいない。

にも関わらず、急にどこからか現れた微精霊達は、リリムの周囲を忙《せわ》しなくぐるぐると回っている。

それに普段は青く発光している微精霊達が、何かを訴えかけるようにして赤い光を発していた。

「まさか……」

微精霊が赤く発色する時は、決まって危険を知らせる合図だ。

リリムもよくマオス大森林に一人で潜った時は、この知らせで魔物との遭遇を避けてきた。

もしかすれば、森に送り出したフレイムゴーレムに何かあったのかも知れない。

「セシリアちゃん、ゴーレムさんが今どんな状態にあるか分かりますか」

「分かる訳ないじゃない。いくら私の魔法だからといって、手元から離れてるゴーレムの状態なんて分からないわ」

「それなら、魔力を消耗しているかどうかで判別出来ませんか？」

フレイムゴーレムは維持するだけで魔力を消費する魔法だ。

ならばその魔力を消費しているか否かで、離れているゴーレムが機能しているかが分かる筈。

「言われてみれば……う〜ん。なんか体が軽いかも？」

「それなら、多分ですけどゴーレムさん破壊されてます」

「は、はぁ？」

そんな訳ないでしょ、とセシリアは自身が作り出した【フレイムゴーレム】に絶対の自信があるみたいだが、それは実際に確認しなければ分からないだろう。

体が軽いと言っていたのも、魔力を消耗していない証拠だ。そして呼び出してもいない微精霊達が急に現れ、赤く発光して警告しているのもゴーレムに何かあった証拠だろう。

ゴーレムの誘導を任せていた微精霊も無事かどうか分からない。

「微精霊様、ゴーレムさんの居場所は分かりますか？　案内をお願いしたいです」

指を振るって微精霊にお願いをする。

しかし微精霊達は言うことを聞かず、リリムの周囲をひたすら回るだけだった。

「……微精霊様？」

不審に思いその場から立ち上がれば、微精霊達は一塊になってリリムの前に立ち塞がる。どうやらマオス大森林にリリムを行かせたくないらしい。

余程の危険が今、マオス大森林にあると言いたいのだろうか。

「う～ん、困りましたね」

「それじゃあ俺達だけで確認しに行きますよ……って、うわっ⁉」

お茶を啜《すす》っていたフレイルがソファから立ち上がると、微精霊達がやめろと言わんばかりにフレイルの袖を引っ張り始める。

どうやら冒険者でも危険だと微精霊は判断したようだ。

「うぷぷ！　フレイルじゃ駄目だってさ！　ほら見て！　微精霊達は私を選んだようよ！」

「な、なんだって⁉」

フレイルを止めた微精霊達が、今度は不敵に笑ってソファから立ち上がるセシリアに集《たか》り始める。

「ふふふ、微精霊達も私の実力を理解しているようね」

などと宣《のたま》うセシリアを押さえ付けて、微精霊達は無理やりソファに着席させた。

微精霊は彼女が調子に乗りやすい性格だと理解していたらしい。セシリアの体にまとわりついて離そうとしない。

絶対にマオス大森林には行かせないという強い意志を感じる。

「確かに実力は理解しているみたいだな」

「うるさいッ！　なんなのよこの微精霊はッ！」

ガルルルルと微精霊を威嚇するセシリアはさておき、リリムは困ったもんだと頭を抱える。

いくらでも魔法で作れるフレイムゴーレムはまだ良いが、誘導を任せていた微精霊の身が心配だ。

だが、他の微精霊達が森に行かせてくれないので安否の確認が出来ない。

「あ、そうだ。ペーシャちゃんならどうですかね」

ペーシャはCランク冒険者でも歯が立たないというシルフだ。

ちっちゃい見た目をしているが、Dランク冒険者のフレイルやセシリアよりも強い。

そして空を飛べる羽もあるので、彼女ならさっと飛んでさっと帰ってこられるだろう。

「ペーシャちゃ～ん、ちょっとお願いがあるんですけど～！」

ペーシャは二階のリリムの自室にある本を読み漁《あさ》っているので、階段越しに呼び掛けてみる。すると、なにやら鬱陶しそうな顔をしたペーシャが頭をひょっこりと覗《のぞ》かせた。

「それならまず私のお願いを聞いて欲しいんすけど……」

「うわっ」

ペーシャの体には既に大量の微精霊達が纏わり付いていた。

リリムが次に出る行動を読んでいたらしい。リリムは素直に感心する。

「ペーシャちゃんでも駄目ですか」

「駄目ってなんすか。最初から諦めないでくださいでっす。というか何なんすかこの微精霊達は。放してと言って欲しいでっす」

「微精霊様、ペーシャちゃんにはもうお願いしないので離してあげてください」

ペーシャに集っていた微精霊達がリリムの元に帰ってくる。

「何の騒ぎでっすかこれは。一体どうしたんすか？」

「セシリアちゃんとフレイルさんのフレイムゴーレムが帰ってこないんですよ。それで森へ確認に行こうとしたら微精霊様に止められちゃいまして」

加えて誘導を任せていた微精霊も心配だと伝えれば、ペーシャは特に考える素振りも見せずに即答する。

「ルーゴさんにお願いしたら良いじゃないすか。微精霊達もあの人なら大丈夫だと思ってくれまっすよ」

「それだとルーゴさんに頼り過ぎじゃないですかね。特に最近は」

「別に良いと思いまっすけどね。子供が大人に遠慮するなって前に言われてたじゃないっすか」

確かに以前、ルーゴからそう言われたことをリリムは覚えている。

「それに微精霊が勝手に出て来るくらいの危険があるっていうのなら、なおのことルーゴさんを頼るべきだと思いまっすけどね」

「それも、そうですね……」

ペーシャの言い分はもっともだ。

リリムは一人でマオス大森林に潜ることはよくある。それにペーシャも薬草の種類には詳しいのでよく薬草採取を頼んでいる。

そんな二人が今回は行くなと微精霊に止められたのだ。

ゴーレムと微精霊の安否のみならず、ルーゴに頼んで一度マオス大森林を調査した方が良いだろう。

もしかすれば、何か得体の知れない強力な魔物が出たのかも知れない。


マオス大森林には多くの魔物が潜んでいる。

中でも冒険者ギルドに危険生物として指定されている魔物は、王都近辺に現れればすぐさま討伐依頼が出されるほど強力な魔物だ。

リリムが実際に見たことがあるのは『ブラックベア』に『キラービー』と呼ばれる魔物達か。

更に奥地へと足を踏み入れれば、災害と呼ばれる魔物『デスワーム』や、一頭でAランク冒険者相当に匹敵する『ストナウルフ』が姿を現す。

冒険者ギルドではマオス大森林の攻略難度を『Aランク』と設定しており、これは先の魔物達を相手にしながら進まなくてはならないというのが主な理由なのだが、

「な、なんですか……これは」

リリムの眼前には焦土と化した森が広がっていた。

辺り一面が焼け焦げており、近付くだけで火傷《やけど》しそうなほど空気が熱されている。

マオス大森林でこんな現象が起きることなど有り得るのだろうか。

いや、果たしてこれは自然に起きるものなのだろうか。

だとすれば、魔物がリリムの目の前に広がる景色を作り出したとでも言うのだろうか。

この森には恐ろしい魔物がたくさん居るとリリムは昔から聞かされていたが、森をこんな姿に変えてしまう魔物が居るだなんて話は全く聞いたことがない。

「ルーゴさん、これは何なんですか」

「分からない。だが、辺りに魔力の残滓《ざんし》がある。少なくとも自然に起きうる現象ではないな」

「誰かがここで大きな魔法を使ったということですか？」

「それも考えられるが、何故《なぜ》フレイムゴーレムを攻撃する必要があったのか疑問だな」

焦土と化した森の中心には、バラバラに破壊されたフレイムゴーレムの残骸が転がっていた。

セシリアが作り出したこのゴーレムは、フレイルが得意とする【火炎魔法】を身に纏っていのだが、フレイムゴーレムの体は何故だか焼け焦げてしまっている。

自身が纏う炎よりも高熱の何かをその身に浴びたということだ。

それがどれほどのものだったのかは、辺りの景色を見れば分かるだろう。

「私のフレイムゴーレムがばらばらに破壊されちゃってる！　くっそ～！　一体誰の仕業よ！　絶対に許せない！」

「おいセシリア！　文句言ってないで早いとこ【水魔法】で消火してくれよ！　このままだと火事になるぞ！」

「もう既に火事じゃないのさ！」

フレイルが辺りに魔物が居ないか警戒する中、セシリアは腕を振るって【水魔法】を行使し、未だ燻《くすぶ》る森の消火活動を行っている。

彼ら以外にもルーゴが連れて来た教え子である冒険者達が、水魔法を使える者はセシリアと同じく消火活動を、その他の者はフレイルと同様に辺りの警戒していた。

しばらくリリムが冒険者達の消火活動を見守っていると、未だ高温な焦土の中から何か大きな物を背負った冒険者がこちらに向かって来た。

Bランク冒険者のガラムだ。

「が、ガラムさん？　熱くないんですか？」

「ん？　ああ、へっちゃらだぜ。魔力を操作して全身を覆ってるんだよ。これぐらいの熱ならなんてことはねぇぜ」

「魔力を操ればそんなことも出来るんですね。すごいです」

「すげぇだろ。まあ、今はそんなことどうでも良いんだけどよ。ルーゴの旦那、これを見てくれ」

ガラムが背負っていた大きな岩のような物を地面に下ろす。

これはバラバラに破壊されたゴーレムの残骸だ。リリムが見る分にはそうとしか思えないのだが、これを持って来たガラムの表情は少し浮かない様子。

隣のルーゴも口元に手を当てて黙り込んでいた。

「ルーゴの旦那、これ……どう見るよ？」

問われたルーゴがその場にしゃがみ込み、残骸に刻まれた傷痕のようなものを手でなぞる。

「爪跡だな。それも何か巨大な魔物に付けられたものだ」

「やっぱりか」

ゴーレムの残骸に刻まれたその傷は、リリムがふと見ただけでは大き過ぎて傷痕なのかどうかも理解出来なかったが、ガラムとルーゴにはそれが魔物の手によって刻まれたものだと分かるらしい。

「これで誰かがゴーレムを魔法で破壊したって線は消えたみてぇだな。まあ人間がゴーレムに魔法をけし掛ける理由もないしな」

「……ああ、そうだな」

ルーゴの表情は兜《かぶと》で見えないが、僅かに腑《ふ》に落ちないといった声色をしていた。ガラムの方は何やら難しそうな顔をしていたが。

「ガラムさん、それってつまりどういうことなんですか？」

「マオス大森林に一帯を焦土に変えるような巨大な魔物が出たってことだよ。それもフレイムゴーレムを簡単に粉砕するような化け物がな」

「もしかしてデスワームって魔物ですかね？」

リリムは見たことがないが、以前この森にデスワームという巨大な魔物が出たことがあるらしい。その時はルーゴとティーミアが討伐したらしいが。

「デスワームじゃあねぇな。あいつも確かに化け物だが、巨体過ぎて身動きするだけで森が荒らされるような奴《やつ》だ。その跡がここいらには見当たらない」

ましてや魔物の足跡のようなものも残されていない。

ルーゴの言う巨大な魔物が出たというならば、目に見えて分かる巨大な足跡が残る筈だ。

「そういった跡が見当たらねぇってことはだ、ゴーレムを破壊した魔物は空を飛べるっつーことだよ」

「う〜ん、何か厄介そうな魔物ですね」

「厄介で済めば良いけどな」

何か引っ掛かるような言い方をするガラムにリリムは怪訝《けげん》な表情を送る。

どんな魔物が出ようとも、アーゼマ村には災害と言われるようなデスワームを倒せるルーゴとティーミアが居るのだ。

厄介なだけできっと心配はない筈。

リリムは安易にそう考えていたのが、

「竜だ」

「へ」

ルーゴの口から出たのは、たった一体で国をも滅ぼすと言われる魔物の名だった。

第5話

村を守る魔法

「う〜む、困ったのう……」

マオス大森林の調査、そして火の気が燻《くすぶ》る森の消火を終えたルーゴは村長宅を訪れていた。

報告したのはマオス大森林に得体の知れない魔物が出現したことと、その魔物がもしかすれば竜かも知れないということの二点。

国すら滅ぼすという竜の名が出たことで村長は頭を抱えている。

「もし本当に竜が出たとするならば、村の住民の避難を最優先させたいところじゃが……」

竜がアーゼマ村に襲い掛かって来るとは限らないが、襲い掛かって来ないという保障もない。早急に大勢の住民を避難させる必要があるが、それには大量の足が必要だ。必要数の馬車を用意するにもそれなりの日数が掛かってしまう。

そして村長の悩みの種は何もそれだけではない。

このアーゼマ村には魔物のシルフも住んでいるのだ。避難先の候補となる王都にシルフを受け入れて貰《もら》えるかが問題となるだろう。

シルフだけを置いていく訳にもいかない。ましてや元々の住処《すみか》である巨大樹の森に戻れと言う訳にもいかない。なにせシルフは強力な魔物が出るようになった巨大樹の森に辟易《へきえき》して、この村に移り住んで来たのだから。

「まったく厄介な魔物が現れたもんじゃな」

「な〜に要らない心配してんのよ村長。ルーゴなら竜くらい倒せるでしょ？」

シルフの長としてこの場に同席していたティーミアが『竜くらい』などと呑気《のんき》なことを言っていた。

しかし肝心なルーゴの反応は芳しくない。

「あまり竜とは戦いたくはないな」

「なんでよ。あんたなら竜なんてちょちょいのちょいじゃないの？」

ティーミアはルーゴの正体が元Sランク冒険者ルークであることを知っている。

ルークが『Sランク』という称号を得られた理由は、偏《ひとえ》に国を滅ぼす竜を一人で倒せるからだ。

そんな元Sランク冒険者がなぜ竜と戦いたくはないと言うのかがティーミアには理解出来なかった。

「ちょっとルーゴ！　あんたもしかして冒険者やめてから腕が鈍っちゃって、自信がなくなったとか言う訳じゃないでしょうね！　それなら私が一《いち》か八《ばち》か、竜を討伐して来てやるわよ！」

ルーゴの強さに魅入られてこの村にやってきたティーミアが、消極的なその物言いに不満をぶつける。

「まあまあティーミアちゃん、少し落ち着きなさい。ほら、お饅頭《まんじゆう》でもお食べなさいな。ルーゴさんがああ言っているのは、ちょっとした訳があるんじゃよ」

「何よ、その訳って。それに饅頭一つで落ち着ける訳ないじゃない。まあ貰うけど」

竜を討伐するなどとティーミアが言い始めたので、村長は饅頭を与えてどうにか落ち着かせることにした。こういう時は甘い物が一番だ。

村長の言う通り、ルーゴが消極的な姿勢を見せるのは訳がある。

それはアーゼマ村に伝わるおとぎ話が理由だ。

「ティーミアちゃん、君はマオスという神様の話は知っとるかね？」

「マオス？　それなら知ってるわよ。だってマオス様ったらシルフ達《たち》の祖先って話だからね。まあおとぎ話の類だから詳しい訳じゃないけど」

「それなら話が早いの。それじゃあティーミアちゃん、この村の隣にある森の名前を思い出してみるんじゃ」

「……あっ」

――マオス大森林。

それがアーゼマ村に隣接する森に付けられた名だ。

由来は一つ。

この森はマオスという神様が創り出したものだからだ。

「王国の守り神である『アラト』と『ベネクス』。それに並ぶ神様であるマオス様はマオス大森林で今は眠りに就いているんじゃよ」

「それがどうして、ルーゴが竜と戦いたくない理由になるのよ」

「マオス様は森が傷付くことを極端に嫌うのじゃ。今回現れた森の一部を焦土にするような魔物をルーゴさんが討伐に向かえば、マオス大森林に及ぶ被害は想定出来ぬ」

森に現れた魔物が本当に竜だったとして、デスワームよりも遥《はる》かに強力なジャイアントデスワームすらも退けるルーゴが一戦を交えれば、マオス大森林を大きく傷付けるかも知れない。

そうなれば森が傷付くことを嫌う神を怒らせることになるだろう。

「で、でもマオス様の話ってただの言い伝えでしょう？　マオス様と同じシルフの私ですら、本当に存在するかも分からないんだから」

「神様は常にこの世を見守ってくれておる。加護という形での。ティーミアちゃん、君が持っている『妖精王の加護』は、マオス様が与えてくれている物ではないのかね？」

「そ、そう言われるとそうね……」

その加護こそマオスが実在している証《あかし》だろう。

Sランク冒険者、英雄ルークが持っている『不死鳥の加護』。

アラト聖教会の聖女リーシャが持っている『女神の加護』。

これらは神がこの世に降ろす力の一端だ。

この国において神の存在は伝承やおとぎ話では終わらない。確かに実在するものとして広く認知されている。

生まれた時から巨大樹の森という人里から離れたところで育ったティーミアには、神という存在はおとぎ話の中で終わるものであったが。

「マオス様が本当に居るとして、あの森で竜とは戦えないって言うなら、まさかルーゴはアーゼマ村で迎え撃つつもり？」

「ああ、そうなるな」

「駄目よ！　私は加護があるからどうにでもなるけど、あんたと竜が戦ったら村がなくなっちゃうわよ！」

村がなくなるだけならまだ良いが死者が出るかも知れない。ティーミアはシルフの長としてそれだけは看過出来なかった。

マオスを怒らせる訳にはいかないからといって、アーゼマ村を犠牲にするのは本末転倒も良いところだろう。この村には他のシルフも居るのだから。

だが、村民を守りたいという気持ちは村長も同じだ。

「ティーミアちゃんの言い分はもっともじゃが、マオス様を怒らせたら何が起きるか想像が付かぬ」

「じゃあどうするのよ」

避難の準備が整う間、ルーゴにアーゼマ村を守って貰うしかないだろう。

この村には今、多数の冒険者が滞在している。いくらギルドの低ランク達と言っても戦力にはなるだろう。

「王都から救援をお願いしたいが、何もマオス大森林に出たのが竜だと決まった訳ではないからの。もし本当なら大騒ぎじゃが、不確定な情報では国は動いてくれん」

「それなら冒険者ギルドにお願いしたら良いじゃない。ルーゴってギルドのマスターと仲が良いのよ。ルーゴの頼みなら断れないってギルドマスターのラァラも言ってたしね」

「ほう、それは本当か」

もし対魔物のエキスパートであるAランク冒険者が来てくれるならとても心強いだろう。ティーミアの話が本当ならば期待も大きい。

「ルーゴさん、頼めるかの?」

「確かにラァラに頼めば腕利きの冒険者を寄越《よこ》してくれるだろうが、彼女にも立場というものがある。未確定の情報でAランク冒険者を動かしてはくれない。まずは調査員の派遣からだな」

今、冒険者ギルドは活性化した魔物の対処に追われて人員が不足している。そんな中でもルーゴを恩人と言っていたラァラはその願いを聞き入れてくれるだろう。

しかしAランク冒険者を派遣するには、その地に危険な魔物が本当に居るのかを確かめてからだ。冒険者ギルドも国と一緒で未確定な情報で動かせるほど人員に余裕はない。

それらをルーゴが説明すると村長とティーミアは難しそうな顔をして頭を悩ませていたが、

「ラァラには俺から協力を頼んでおこう。そして一つ、俺から提案があるのだが、村長にはその許可が欲しい」

「何か考えがあるようじゃな？」

「ああ、アーゼマ村の守りを魔法で固める。竜が襲ってこようとも持ち堪《こた》えられるようにな」

何もアーゼマ村に迫る危険を馬鹿正直に迎え撃つ必要はない。

こちら側には魔法という武器があるのだから存分に利用するべきだ。

◇◆◇

ルーゴの協力を得てマオス大森林の調査を終えてから一日。

村長からアーゼマ村の住民に通達があった。

「ルーゴさんが魔法でこの村を守ってくれるって話でしたけど、何をするつもりなんでしょうか」

マオス大森林に竜が現れたかも知れないという状況でも、リリムの診療所は通常営業だ。竜が怖いからといって村唯一の診療所を閉める訳にはいかない。

他の者もどんな魔物が出てもルーゴが居るから大丈夫だろうと、今日も元気に普通の一日を過ごしている。

窓から外を覗《のぞ》いてみれば村のおばちゃん達が道で井戸端会議を開いていた。呑気なものである。これも普段からこの村を守ってくれている用心棒への信頼からくるものなのだろうが、村長は皆の安全を考えて王都への避難を決めたようだった。

避難の準備が整うまでは、ルーゴが魔法で村の守りを固めてくれるとのことだ。

「ティーミアも協力しているみたいですけど、ペーシャちゃんは何か聞いていますか？」

「うぅ～、知らないでっす。私は何も聞いてないでっす……」

村の皆は竜など気にも留めていなかったが、ペーシャは竜が居るかも知れないと聞いた途端、まるで雷に怯《おび》える幼子のように部屋の隅っこで縮こまってしまった。

「大丈夫ですよペーシャちゃん。だってこの村にはルーゴさんが居るんですから。それに本当に竜が出たかどうかはまだ分からないんですから。もしかしたらただのウサギかも知れないですよ？」

「森を焦土に変えるウサギとか逆に見てみたいっすよ。確かにルーゴさんは竜が出ても大丈夫でしょうけど、私なんて巻き込まれたら一溜《ひとた》まりもないでっす。診療所もきっと木《こ》っ端微塵《ぱみじん》になりまっすよ」

「怖いこと言わないでくださいよ」

どうにか宥《なだ》めようとしてもペーシャはガタガタと身を震わせて怖がるばかり。

しょうがないのでリリムはお茶を入れてあげることにした。温かいものを飲めば少しは落ち着くだろう。

「はい、ペーシャちゃん。温かいお茶ですよ」

「あ、ありがとでっす」

ズズズとペーシャがお茶に口を付けると、どこかホッとしたような表情を浮かべる。しかし、壁に人の顔に見えるシミを見つけてしまったようで、小さく悲鳴をあげて再び縮こまってしまった。

「ペーシャちゃんって意外と臆病なんですね。どうしてそんなに竜が怖いんですか？」

「昔に一度だけ本物の竜に追い掛けられたことがあるんすよ。それ以来、竜って聞くだけで駄目な体になっちゃいまっした」

「えぇ……それは大変でしたね」

だから竜をこんなに怖がるのかとリリムは納得する。

逆に一度も見たことがないリリムはいまいちピンと来ていない。恐ろしい魔物ということは理解しているつもりなのだが。

ひとまずこのままではペーシャにストレスを掛け続けているままなので、リリムは指を振るって微精霊を呼び出した。

「微精霊様、この村は安全ですか？」

すると、呼び出された微精霊達は身に纏《まと》う青い光を強くさせた。

微精霊は危険を伝える時や、否定の意を表す時には赤い光を出す。今回、青い光を強くさせたのは肯定を表している。

「ほらペーシャちゃん、微精霊様もアーゼマ村は安全だって言っていますよ。だから大丈夫です」

気配を敏感に察知する微精霊もペーシャの不安を感じ取ったのか、安心させるように淡い青光を瞬かせながらペーシャの周りをくるくると回り始める。

「び、微精霊がそう言うなら、大丈夫……なのかな？」

「はい、大丈夫です。それに竜が現れたってルーゴさんもティーミアも居るんですからね。あの二人が居れば安心ですよ」

「う〜ん、そう言われればそうっすね。妖精王様もめちゃ強いでっすし」

ニヘラとペーシャが微笑《ほほえ》み、隅っこ暮らしをやめてソファにどっかりと腰を下ろした。少し感情の緩急が強い気がするが、不安に怯えているよりはましだろう。

ただ、加護で呼び出した微精霊達が役目を終えた途端、すぐさま姿を消してしまったのが気になるところである。

微精霊も不安なのだろうか。

「そういえばリリムさん、フレイムゴーレムに誘導を任せていた微精霊って無事だったんすか？」

「いえ、戻って来ていません。あの子ならゴーレムさんを破壊した魔物を見ている筈《はず》なので、戻って来てくれれば森に現れた魔物の正体が分かるのですが……」

ルーゴに頼んでマオス大森林の調査に向かった時、ゴーレムの残骸が散らばっていた周辺に微精霊の姿はなかった。

もし逃げ延びたのならリリムの元に帰ってくる筈なのだが、戻って来ていないということはつまりそういうことなのだろう。

その場合は遥か遠方の魔物の気配すら感知出来る微精霊が、逃げ出す間もなく消し飛ばされたということだ。

用心した方が良いだろう。

いざという時は診療所を捨てる覚悟をしなければならない。アーゼマ村はルーゴが魔法で守ってくれるとのことだが、それだけが頼みの綱だ。

「……ん、あれはなんでしょうか？」

アーゼマ村を守ってくれるという魔法がどんな物か気になったリリムが窓の外を覗いてみると、診療所の前を大量のゴーレム達が闊歩《かつぽ》していた。

「な、なんですかあれ。本当になんなんだろう」

まるで訳が分からないのでリリムは困惑を隠せない。

良く見れば真っ赤な炎を纏うフレイムゴーレムも大量に居るゴーレムの中に数体混ざっている。それだけではなく、初めて目にする灰色のゴーレムまで居る。

「リリムさん、あれなんすか」

「私に聞かないでくださいよ」

同じく窓の外を覗いていたペーシャも困惑している。

「あ、セシリアちゃん」

数えれば数十体は下らないゴーレム達の最後尾にセシリアの姿を見つけたので、リリムは少し慌てた様子で診療所から飛び出した。

「せ、セシリアちゃん！　これは一体なんなんですか!?」

「なにってゴーレムだけど」

「まさかフレイムゴーレムを壊された腹いせに、マオス大森林へ攻め込むつもりですか？」

「リリムさんってたまに怖いこと言うよね」

もしかして悪魔の生まれ変わりだったりしない？　とセシリアに疑われてしまう。意外と感性は鋭いようだ。生まれ変わらなくともリリムはエンプーサという名の悪魔である。

「あ、悪魔じゃないですよ」

「なんで目を泳がせてるのさ。冗談よ。リリムさん、あれ見てみて」

ほらと言ってセシリアが指を差したのは、村を取り囲むように出来た塀のような壁であった。

遠くから見ても巨大だと分かるそれは、目算で高さは五メートルもあるだろうか。それがぐるりと村を囲っている。

いつの間に出来たのだろうか。リリムはあんな壁は知らない。

「な、なんですかあれ!?　アーゼマ村がなんか変な壁に囲まれてます！」

「変な壁じゃないわよ。あれはルーゴさんと冒険者の皆で作った【魔法障壁】よ」

「魔法障壁!?」

遠くから見る限りではただの壁にしか見えないが、セシリアが言うにはあの壁は魔法で作られた障壁らしい。

もしやアーゼマ村を守ってくれる魔法というのはあれのことなのか。正体を確かめるべく、リリムは壁に向かって足を急がせた。


村を囲む【魔法障壁】は岩のような物で出来ていた。

だが、ただの岩ではないことはリリムにも分かった。それはこの灰色の壁の全面に何か文字のようなものが刻まれているからだ。

リリムはこの文字を一度目にしたことがある。

「……魔法印?」

【召喚魔法】でストナウルフを呼び出す時に使用した魔法陣、そこに『魔法印』という特殊な文字をルーゴが使っていたのだ。

それと同じ文字がこの壁にも刻まれている。

あの時は『呼び出す魔物の条件を指定する』といった理由でこの魔法印を用いたのだが、この魔法障壁に刻まれた魔法印は一体なんなのだろうか。

「その魔法印が意味するのは『反発』よ」

「セシリアちゃんは魔法印が読めるんですか？」

「ううん？　全然全く。ルーゴさんがそう言っていたの」

後を付いて来たセシリアがリリムの疑問に答えを出す。

その後ろにぞろぞろとゴーレム達が蠢《うごめ》いているのが気になるが、リリムは一旦無視することにした。

「魔法印を使うからには、何かとんでもない秘密がありそうですね」

「お、鋭いわねリリムさん。すごいわよ、ちょっと見てて」

セシリアが道端に転がっていた小石を拾って握り締めると、小石が茶色の光を纏った。恐らく石ころに魔力を込めたのだろう。

何をするつもりなのだろうかと様子を窺《うかが》っていると、セシリアは魔力を込めた小石を壁に向かって突然投げつけた。

「ようく見ててね」

投げつけられた小石は壁にぶつかることはなかった。

壁に衝突する直前に空中で静止したのだ。

その直後、小石が勝手に明後日《あさって》の方へと飛んで行ってしまう。

リリムの目にはそれが跳ね返されるように見えた。

「見ました。見てもよく分かりませんでしたけど」

「あれがつまり反発って訳。この魔法障壁にはルーゴさんの【重力魔法】が込められてて、魔力を宿した物を自動的に跳ね返すの」

とのことらしいのでリリムも試しに小石を拾って放り投げてみると、今度は跳ね返されることもなく壁にコンと当たって地面に落下した。

なるほどとリリムは感心する。

魔力で跳ね返す対象を自動で判別出来るのなら、誰かがこの壁に誤って触れてしまっても怪我《けが》はしない。

もはやなんでもありよねと隣のセシリアが呟《つぶや》く。

ルーゴもゴーレムで薬草を自動採取するセシリアだけには言われたくないだろうとリリムは他人《ひと》事《ごと》のように思った。

「竜って体に魔力を流して何倍にも力を増幅しているらしいの。だから魔力に反応して跳ね返すこの魔法障壁を作ったんだって」

「でも竜って森を焦土に変えるくらいの火を吹くんですよね。そっちはどうするんですか？」

「大丈夫、そっちも想定内よ」

セシリアが命令すると、背後で待機していたフレイムゴーレムが壁に向かって勢い良く口から火を吹いた。

こちらは魔力を込められていないので、火は跳ね返されることもなくじりじりと壁を焼いていく。しかし表面をうっすらと焦がす程度で壁にダメージはない。

次いでゴーレムが壁に殴り掛かると、攻撃したゴーレムの腕が逆に粉々になってしまった。どうやら耐久性も抜群のようだ。

「どう？　すごいでしょ！」

「何でセシリアちゃんがドヤ顔してるんですか」

「だってこの魔法障壁は土属性だからね。私もルーゴさんのお手伝いしたの」

「へぇ、すごいですね。確かセシリアちゃんは土魔法が得意でしたもんね」

「そうそう。フレイルの奴《やつ》は悔しがってたわよ。俺も土属性が得意だったらなぁ～とか言ってね」

「でも、後ろのフレイムゴーレムはフレイルさんに手伝って貰って作ったんですよね」

「違うわよ。あのゴーレムは全部ルーゴさんに作るのを手伝って貰ったの」

「え？　そうなんです？」

どうやらフレイルの出番はなかったらしい。不憫《ふびん》である。

それにしてもこのゴーレム達は一体なんなのだろうかとリリムは先ほどから気になっていた。

ルーゴが作るのを手伝ったというのだから、この魔法障壁と何か関係があるに違いない。

「私の魔法にルーゴさんの魔法が込められてるから、フレイルと一緒に作ったゴーレムより遥かに強いわよ。炎を纏ってるのは【火炎魔法】のフレイムゴーレムで、灰色の方は【重力魔法】の……何ゴーレムだろう」

どうやら名前を付けていなかったらしい。

フレイルも自分の魔法に【バーニングショット】と名付けていた。

冒険者は自分の魔法に名前を付けるのが主流なのだろうか。

「グラビティゴーレムで良いんじゃないですか？」

「あ、いいわねそれ！　じゃあ灰色のゴーレムは今からグラビティゴーレムね！」

いちいち名前を付ける意味があるのかリリムには分からないが、とりあえず識別はしやすくなるのでこれで良いのだろう。

「それで、このゴーレムさん達はなんなんですか。いっぱい居ますけど」

「こいつらは竜を迎撃する為《ため》のゴーレムよ。今、ゴーレムをいっぱい作って村中に配備しているところだったの。今日の朝から作ってるから百体くらいは居るかな？」

「百体って絵面がやばいですね」

子供サイズの可愛《かわい》らしいシルフがアーゼマ村にやって来た時はまだ良かったが、今度はこのゴーレムが村を徘徊《はいかい》するようになるのかとリリムは若干表情を引き攣《つ》らせる。

それで良いのかアーゼマ村。

だがまあ竜に襲われて廃村になるよりはマシかとリリムは自分を納得させる。

「ちなみにグラビティゴーレムは重力を操って空を飛べるの。例え竜が空から襲って来たって大量のゴーレムが迎え撃つわよ！」

それもそれで絵面が大変なことになるのは容易に想像出来るので、リリムは更に表情を引き攣らせる。

シルフが飛び回っているのは微笑ましかったが、ゴーレムが空を飛び回っている村など世界中どこを探してもアーゼマ村が最初で最後だろう。

「今はティーミアさんってシルフが空から見張ってくれてるから、もうアーゼマ村の守りは万全ね。流石《さすが》に竜もゴーレム百体には敵《かな》わないだろうし」

「それは分からないですけど、ティーミアが空から見張ってくれているんですか？」

セシリアはそう言っているのだが、リリムが空を見上げてもそれらしき人影は見当たらない。青空が広がっているだけだ。

「どこにも居ないみたいですけど……」

「多分だけど【気配を消す魔法】を使ってるからじゃない？　だから見えない……っていうよりはティーミアさんの気配に気付けないんだと思う」

「【気配を消す魔法】？　ティーミアってそんな魔法も使えたんですね」

流石は妖精王、シルフ達の長だ。

窃盗魔法のみならず、その他の魔法にも造詣が深いとは。

いや、違う。

ティーミアは【気配を消す魔法】は使えない筈だ。

彼女は今まで使ってきた魔法は、リリムが知る限りではシルフが得意とする風属性魔法と窃盗魔法だけ。

以前、ティーミアはルーゴから魔法を教わっていると言っていたので、恐らくはその時に【気配を消す魔法】を覚えたのだろう。

「見張るだけならそんな魔法、使う必要はないと思うのですがどうなんでしょうか」

なぜ【気配を消す魔法】を使う必要があるのかリリムには分からない。

疑問に思う点は他にもある。

目の前にある魔法障壁もそうだ。

竜は翼を持つ生き物だとリリムは聞いている。であれば、アーゼマ村に竜が襲ってくる時は基本的に空からとなるだろう。その場合は高さ五メートルほどしかないこの魔法障壁は役に立つのだろうか。

マオス大森林でフレイムゴーレムを破壊した魔物は、まだ竜だとは決まっていない。

ルーゴは本当に竜からアーゼマ村を守る為にこの魔法障壁を作ったのだろうか。

「ティーミアに空を見張らせる時、ルーゴさんが何か気になることを言ってませんでしたか？」

「気になること？　う〜ん……特になかった気がするけど。強いて言えば、ついでに不思議な鳥が飛んでないかも見張ってくれって言ってたわね」

「不思議な鳥ですか」

竜と一緒に鳥を探せと。

やはり何か引っ掛かりを覚える。

一度、ルーゴから直接話を聞いた方が良いだろう。

「セシリアちゃん、私ちょっとルーゴさんの所に行ってきま――」

リリムがこの場から離れようとすると、壁の向こうからカコンと乾いた音が聞こえてきた。その後、続いて何か軽い物が倒れるような音も聞こえて来る。

もしや竜の襲撃か。

リリムは咄嗟《とっさ》にセシリアの背に隠れた。

「ちょっとリリムさんの方がお姉さんでしょ！　何で私の後ろに隠れるのよ！」

「だってセシリアちゃんの方が私より強いじゃないですか」

「…………まあね！」

一瞬納得のいかない表情をしていたが、強いと褒められてセシリアは納得してくれたようだ。分かりやすい性格である。

「なんだったんでしょうか今の音は……」

「さあ？　多分だけど魔法障壁に何かが弾《はじ》かれた音じゃない？　こっちにはゴーレムがたくさん居

るんだし、ちょっと確かめてみよ」

空飛ぶグラビティゴーレムに担いで貰い、リリムとセシリアは魔法障壁の向こう側へと移動する。

地面に降り立ったゴーレムの腕の中からリリムがおっかなびっくり顔を出すと、そこには鮮やかな空色の髪をした少女が倒れていた。

「ちょ、人が倒れてますよ!?」

どうやらさっそく魔法障壁の餌食になったらしい。

そもそもこの壁は魔力にしか反応しない筈なのだが、とにかくリリムはゴーレムの腕から飛び降りて少女の容態を確認する。

「だ、大丈夫ですか?」

「う、うぅ～……」

まだ小さな女の子だった。

歳《とし》は年下のセシリアよりも少し下かそのくらいだ。

何をどうしてか額に大きなタンコブを作っていて非常に痛々しい。一体誰なのだろうか。少なくともアーゼマ村の子供ではない。

「あれ？　もしかしてエルさん？」

遅れてゴーレムの腕の中からこちらに向かって来たセシリアはこの女の子の名前を知っていたらしい。

そしてその名前についてはリリムも知っている。

「エル？　エルってあのエル・クレア様のことですか？」

「そうよ。そのエル・クレアさんがこの人よ」

――エル・クレア。

彼女は冒険者ギルドの英雄、Sランク冒険者ルーク・オットハイドの元パーティメンバーだ。この国ではその名を知らない者の方が少ない有名人。リリムでも知っている。

そのエル・クレアがどうやら、魔法障壁の餌食になってしまったこの女の子らしい。確かに魔術師のようなローブと杖《つえ》を手にしているので冒険者で間違いはなさそうだが。

ただ、おでこに大きなタンコブを作って半ば気絶している状態なので、この子が本当にあの英雄ルークの元パーティメンバーなのか正直疑わしい。

「セシリアちゃん、ちょっと診療所まで運んで貰えますか？」

「いいわよ。このゴーレムならさくっとひとっ飛びだしね」

ひとまずリリムはエル・クレアを診療所に連れていくことにした。

「竜が現れたと聞いてマオス大森林の調査に来ました、冒険者ギルドの調査員エル・クレアです。どうぞよろしくね」

などと気絶から目を覚ました女の子が名乗り始めたのはつい先ほどのこと。

どうやらアーゼマ村を囲む魔法障壁に杖《つえ》で触ってみたところ、勢い良く弾《はじ》かれた杖に頭を打たれて気を失ってしまったらしい。

そんなおっちょこちょいの女の子が、あの英雄ルークの元パーティメンバーであるエル・クレアだとリリムは正直思えなかったが、同じ冒険者ギルドに所属するセシリアが本人だと言っていたので本物なのだろう。

「リリムさん、さっきはごめんなさいでした。あと、ありがとね。タンコブ診てもらって。もうすっかり痛みはないよ」

「そうでしたか、それは良かったです。ですけど頭を強打したとのことなので、今日一日は様子を見てくださいね」

気を失うほどの衝撃を頭部に受けたのなら、大きなタンコブという外傷以上に中身の方が心配である。

「そういう訳にはいかないかな、エルはこの村に仕事をしに来ましたので」

「そんな、駄目ですよ」

「ううん、これはギルドマスターから直々に受けた依頼ですので。疎《おろそ》かにしては冒険者ギルドの……なんだっけ、沽券《こけん》に関わりますので」

薬師のリリムが止めてもエルはかぶりを振るばかりで、さらさら安静にするつもりはないらしい。

先ほど気絶から目を覚ました後も、リリムの処置を受けた途端に村長の家に行きたいと言って診療所からすたこら飛び出してしまった。

慌ててエルの後を追い掛けたリリムが今居るのは村長宅。

その応接室にてエルと村長がテーブルを挟んで向かい合っている。

「村長様、お手紙読んだよ。竜が出たかもって不安だとは思うけど安心してね。エルはギルドの調査員だけど、Aランク冒険者でもありますので。必ずこの村を守ってあげるからね」

「ほう、その歳《とし》で。いやはやありがたいことです、Aランクの冒険者様にアーゼマ村を守って貰《もら》えるとは、これ以上に心強いことはないでしょうな」

Aランク冒険者と聞いて感心した素振りを見せた村長が深々と頭を下げる。

エル・クレアの年齢は十三とまだまだ子供だ。

背丈も小さくその外見はちっちゃいシルフよりも幼い。

そんな女の子がAランク冒険者というのだから村長が驚くのも無理はないだろう。

村長の隣に居るティーミアは少し懐疑的な視線を送っていたが。


「Aランク冒険者？　この子が？　ふ〜ん、そうは見えないけど」

その発言にエルがピクリと反応を示す。

「あなた、誰？」

「私はシルフの長、妖精王ティーミアよ。空から見てたけど、この村に来て即診療所行きになるなんて災難ね。でもそんな様子で竜の相手が務まるのかしら」

「ふ〜ん、あなたがあの妖精王様なんだ。アーゼマ村にはすっごく強い妖精の王が居るって聞いてたけど、そんな風には見えないかな。エル、がっかり」

その発言にティーミアがピクリと反応を示す。

まさかの煽《あお》り合い。次の瞬間、ティーミアから鋭い視線が飛ぶも、エルも同じく鋭い視線を浴びせて応戦していた。

「いいよ、確かめてみる？　どうしてエルがギルドマスターから竜が出たかも知れないって騒いでるこの村を任されたのか、教えてあげるよ」

「上等じゃない。村に広場があるからそこで腕試ししてあげるわよ」

などと言って仲良く村長の家から出ていく血気盛んなお子様達《たち》。

調子の良いティーミアもそうだが、それに応じるエルも大概だろう。どちらも肩書に反して落ち着きが足りないのではないかとリリムは思った。

「ちょっとティーミア、それにエル様も。どうしてそうなっちゃうんですか」

「まあまあリリム、好きにさせてあげなさい」

リリムは二人を引き留めようとしたが村長に止められてしまう。

「村長、良いんですか？」

「ティーミアちゃんはああ言っておったが、あの子は心優しい子だ。エルさんを心配しておるんじゃろう。竜の相手が務まるのかと言っておったしな」

「う～ん、そうなんでしょうか？　私にはさっぱりです」

「そうでなければ空を見張る仕事を放ってまでここには来んじゃろう。リリムだってエルさんが心配で、診療所の仕事を放ってここにおるのじゃろ？」

「うっ……。それはちょっと言い逃れ出来ません」

村長の達者な口にリリムは思わずたじたじになってしまう。

ティーミアは確かに優しい子だ。その想《おも》いが行き過ぎてシルフを守る為《ため》に戦争を仕掛けてようとするほどには。

もしかすれば村長の言う通りなのかも知れない。

「広場でちょっと腕試しするくらいで二人共納得出来るならそれで良いじゃろう」

「ちょっとで済めば良いですけどね」

エル・クレアはあの英雄ルークの仲間だった冒険者であり、齢《よわい》十三歳にして魔人と呼ばれるほど優秀な魔術師でもある。

そんな子がティーミアと広場で腕試しなんてした日には、竜の襲撃を待つまでもなくアーゼマ村が吹き飛ぶかも分からない。

流石《さすが》にそこまでいかなくとも少し心配である。

「やっぱり私、ちょっと二人の様子を見てきますね。エルさんも頭を打って気を失ったばかりですし」

「ほいほい、いってらっしゃい」

村長に見送られてリリムが外に出ると、地響きと共に衝撃音が聞こえて来た。音が聞こえて来たのは村の広場の方からだ。既にティーミアとエルの腕試しが始まっている。

「ちょっと早過ぎですよ。どこまで好戦的なんですかあの二人は」

広場に近付くにつれて耳をつんざくような衝撃音が大きくなっていく。

近所迷惑も甚だしい。流石にうるさ過ぎたのか、リリムが広場に辿《たど》り着くとそこには野次馬達が集まっていた。

見物人の注目は空を自在に飛び回りながら風魔法を放つティーミアに集まっている。

「これならどうよ！」

上空で両腕を突き出したティーミアが突風を放つ。

対するエルはローブにあしらわれたリボンを揺らしながら、一歩前に踏み出て握り締めた杖から炎の魔法を放ち、ティーミアが巻き起こした突風を正面から迎え撃つ。

相殺だ。

交わった魔法と魔法は互いに威力を打ち消し合い、激しい衝撃波を起こして宙に霧散した。

いとも簡単に魔法を打ち消されたティーミアの頬に冷や汗が伝う。反対に余裕にも表情を崩さないエルは杖を振り回して次々に反撃の魔法を放った。

「なによこいつ！　本当に強いじゃないッ！」

杖から放たれる炎の弾丸にティーミアは回避するので精一杯の様子。恨み節を放ちながら魔法を避け続け、なんとか反撃の一手を加えた。

しかし、エルが杖の石突で地面を叩《たた》けば、水のヴェールがティーミアの放った風魔法を受け流してしまった。

軌道を曲げられた風は地面を大きく抉《えぐ》っていたが、肝心のエルはまるで無傷。歯を食いしばるティーミアとは裏腹にその表情を一切崩さない。

二人の間には圧倒的な実力の差があることは、端から見ていたリリムにも分かった。

ティーミアの魔法はエルには届かない。流石は英雄ルークの元パーティメンバーだ。Aランク冒険者という肩書に相応《ふさわ》しい実力を持っているようだ。

「くっそ～……あんたエルって言ったっけ？　中々やるじゃない！　しょうがないわ、認めてやるわよ！　さっきは挑発して悪かったわね！」

降参とばかりに両腕を上げたティーミアがゆっくりと空から降りてくると、杖を下ろしたエルに手を差し伸べる。エルは満面に喜色を浮かべながらその手を取った。

「エルの方こそムキになっちゃってごめんなさい。妖精王様の魔法、すごいね。私、ヒヤヒヤしちゃった」

「な～に言ってんのよ、余裕綽々《しゃくしゃく》って感じだった癖に。あんたの魔法こそどうなってんのよ。あたしの魔法を簡単にあしらうとか普通じゃないわよ」

「えへへ、妖精王様にそんなこと言われたら、エル……照れちゃいます」

「このあたしに勝ったんだから存分に照れなさい」

なんて言ってティーミアは屈託のない笑みを浮かべていた。

どうやら二人は仲直り出来た様子。

バチバチに魔法を撃ち合っていた時はどうしたもんかと思ったが、村長の言う通りで好きにさせても問題はなかったようだ。

「リリム、これはなんの騒ぎだ」

後は放っておいても大丈夫だろうと診療所に戻ろうとすると、そこで広場の騒ぎに駆けつけて来たのだろうルーゴに声を掛けられた。

「ティーミアとエル様が広場で魔法の腕試しをしていたんですよ。あ、エル様ってあれです、あのエル・クレアですよ」

「言われなくても知っている。どうしてあいつがこの村に居るんだ」

「どうしてって、エル様はラァラさんに言われて、マオス大森林へ竜の調査に来たみたいですよ」

「ラァラがか、それは本当なのか」

「いえ、私も詳しい話は知らないのですけども」

村長宅でのやり取りを聞いた限りではそんな感じだった。

そもそもこの手の話はルーゴの方が詳しいのではないだろうか。

エルはギルドマスターから調査を任されたと言っていたので、村長が出していた依頼の手紙にはルーゴが必ず絡んでいる筈《はず》だ。

ルーゴはラァラと知り合いなので、村長の名で依頼を出すより彼の名を出した方がギルドマスターのラァラに話が通り易《やす》い筈。

しかしルーゴはまるでそんな筈はないと言いたそうにしていたが。

「まあ分かった。後で俺も村長に確認してみるよ」

「私もその方が早いと思います。でも、あの有名なエル様が来てくれるなんて頼もしいですね。さっきの腕試しもエル様の圧勝って感じでしたよ」

「だろうな。あいつは魔人と言われる魔術師だ。魔法での勝負ならエルが有利だろう」

ティーミアも流石に【窃盗魔法】は使わなかったみたいだが、仮に使ったとしてもあのエル・クレアに効果があるのかは定かではない。

「エル様がこの村に来てくれたのならもう安心ですね。私も話は聞いていますよ。エル様はルーク様と一緒に何度も竜を倒してるって」

「ああ、そうだな。あいつなら竜に対する知識も豊富だろう」

そんな実力者であるエルがマオス大森林を調査してくれるなら、きっとフレイムゴーレムを破壊して森の一部を焦土に変えた犯人の正体を突き止めてくれるに違いない。そんな確信がリリムにはあった。

魔法障壁に触れて気絶するなんて一面もあるが、先ほど見せた実力はAランク冒険者という肩書に相応しいものだった。

あのラァラが彼女に竜が居るかも分からないマオス大森林の調査を任せただけはある。

調査だけでなく、アーゼマ村の守りにもエル・クレアが加わってくれるなら怖い物なしだろう。

ルーゴやティーミアだけでなく、この村にはガラム達冒険者とセシリアが作ったゴーレム達まで居るのだから。

ただ、少しの不安はある。

ちょうど隣にルーゴが居るので、リリムは聞きたかったことを聞いてみることにした。

「ルーゴさん、そういえば聞きたいことがあったんですが良いですか？」

「なんだ」

「マオス大森林に現れたのは本当に竜だと思っていますか？」

「…………」

リリムが問うと、ルーゴは無言で兜《かぶと》の上から頬を掻《か》いていた。

これは彼が困った時に出す癖だ。

「この村をぐるっと囲ってる魔法障壁って、ルーゴさんが魔法で作ったんですよね？　あの壁って竜を警戒して作ったものなんですか？」

ルーゴに返事はない。

やはり不可解だ。

「不思議な鳥ってなんのことですか？」

それをルーゴはティーミアに探して欲しいと頼んだらしい。

リリムはルーゴのことを心から信頼しているが、何か隠していることがあるのなら話して欲しいとも考えている。

ルーゴが警戒するものはこの村に直接関わることかも知れないのだから。

「リリム、お前は聡《さと》いな」

「別に、ちょっと不思議に思っただけですよ。ルーゴさんって表情は隠していますけど、意外と分かりやすいですからね」

「……なるほど、お前には敵《かな》わないな」

これはあくまで可能性の話だと前置きして、ルーゴは広場の方へと視線を向けた。そこに何かあるのかとリリムも同じ方へ頭を向ける。

「余計な心配をさせてしまうと思って黙っていたが、俺は以前からあいつのことを警戒していたんだ。そして、森を焦土に変え、フレイムゴーレムを破壊したのもあいつが犯人かも知れないと考えている」

「……あいつって誰のことを言ってるんですか」

リリムはルーゴの視線の先を目で追って行く。

その先には一人の女の子しか居ない。

エル・クレアだ。

「まさか、そんな筈ないじゃないですか。だって英雄ルーク様の元パーティメンバーですよ？　有り得ないですよ」

「お前はそのルークの仲間だったリーシャに命を狙われたことを忘れたのか」

「…………」

今度はリリムが押し黙る。

――【魔法障壁】

確かにこれは竜ではなくエルのような魔術師の襲撃を想定してのことならば、守りとして非常に有効な手段だろう。この壁は魔力に反応してその効果を発揮するものなのだから。

だが、これはあくまで可能性の話。

ルーゴが勝手にエル・クレアを警戒しているだけに過ぎない。

フレイムゴーレムを破壊し、森を焦土に変えたのが魔術師の仕業だったとしても、それがエル・クレアだと決まった訳ではない。

その筈だ。

第7話　魔人と呼ばれる魔術師

――翌日。リリムは再びマオス大森林に足を運んでいた。

それは件《くだん》のエル・クレアに協力を求められたからだ。

マオス大森林を調査するにあたって、森の地理に詳しい現地の者に案内をして欲しいとのことだ。

リリムは薬草採取の為《ため》に度々この森に足を踏み入れているので、確かにここいらの地理についてはは村の誰よりも詳しい。加えて『微精霊の加護』で周囲の警戒も出来るので、エルはそんなリリムの力を頼ったそうだ。

正直、リリムは竜が居るかも知れないマオス大森林に入りたくはなかった。それに助力を求めてきたエルはルーゴが警戒している人物なのだ。

同じくルーゴが警戒していた聖女リーシャに命を狙われたことのあるリリムは、いくらエルが英雄ルークの元仲間だったとしてもあまり乗り気にはなれない。

「リリムさん、付き合わせてごめんね。本当だったらエル一人でやる仕事なんだけど」

「いえいえ、村を守ってくれるのですから協力は惜しみませんよ」

「そっか。助かります、ありがとね」

えへへとエルは歳《とし》相応に無垢《むく》な笑みを浮かべていた。

協力を惜しまないと言ったのは半分は本音だ。もう半分はエルが本当に疑わしい者なのかを確かめる為である。

相手はAランク冒険者なのでおっかなくてしょうがないが、村を守りたいという気持ちはリリムも同様だ。

仮にここでリリムの身に何かあれば、警戒を強めたルーゴがすぐさま事の対処にあたってくれるだろう。

「エル様、それでマオス大森林の調査って何をするんですか？　私、ギルドの調査員がどんな仕事をしてるのか知らないのでちょっとだけ興味があります」

「調査員の仕事で多いのは、討伐依頼が出された魔物の生態調査かな」

「それって必要なことなんですか？　冒険者さんがパパッと行ってパパッと倒せば終わりじゃないんです？」

「そうもいかないかな。その魔物を駆除することで周りの生態系が崩れたりしたら、別の有害な魔物が増えて、もっともっと被害が広がったりすることがあるからね。見極めが大事なんだよ。駆除か、保護か、隔離するべきなのかを」

「へぇ、ギルドって魔物を駆除するだけじゃないんですね」

リリムは冒険者ギルドの仕事はもっと単純なものなのかと思っていた。

魔物が現れました。じゃあ討伐しましょう。とはいかないらしい。エルのような調査員はその為に居るとのことだ。

思い返せばアーゼマ村にシルフが住み着いた時も、国やギルドはそれをすぐには問題視せず、まずはルルウェルという調査員をこの村に派遣させていた。

その上で討伐する必要があるのかを検討したということなのだろう。

「でも竜は見つけ次第、すぐに駆除かな」

「保護とかはしないんですね」

「その場に居るだけで生態系を乱しちゃうからね。竜が現れたその周辺全てが更地にされたとかって事件もあるし」

「こ、怖いですね……。もし竜が居たらエル様は倒せそうですか？　竜って国を滅ぼしちゃう魔物なんですよね？」

エルはあの賢者オルトラムの弟子であり、魔人と呼ばれる魔術師だ。魔法の腕は魔法剣士として名を馳《は》せた英雄ルークに負けず劣らずの腕前であるとリリムは聞いている。

そんなエルでも竜の相手はいくらなんでもきついのではないだろうか。もし討伐出来るのならば、エルは一人で国を滅ぼせるということになるのだから。

「う～ん、一人だと難しいかも。でも、この村を任されたからには、頑張らなくちゃって思ってます。今まで皆、国もギルドも竜の対処はルーク様に任せっきりだったからね。エルも含めて」

そのルークはもうこの世には居ない。

かつての仲間の名を口に出したエルはどこか寂しそうに続ける。

「まあ、頑張らなきゃって言ったけど、竜が居ないなら居ないでその方が嬉《うれ》しいかな。あの様子だとそんな期待は出来ないけど」

微精霊達《たち》が周囲の警戒をする中、リリムとエルは目的地に辿《たど》り着く。

そこはフレイムゴーレムが破壊された森の焼け跡だ。

眼前に広がる焦土と化した森を見て、エルが苦々しい表情を浮かべているのをリリムは横目で見ていた。

この状況を作ったのはエルかも知れないとルーゴは言っていたが、その張本人がこんな顔をするのだろうか。リリムは疑問だった。

「エル様、どうかされましたか？」

「ううん、なんでもないよ。それじゃあ仕事を始めようかな」

背負っていた杖《つえ》を取り出したエルが、ローブの内側から何やら薬瓶のような物を取り出し、中に入っていた紫色の液体をその場に振り撒《ま》き始めた。

「怪しい物じゃないから安心してね」

なんだか体に悪そうな色をしていたのでリリムが一歩後ろに下がると、エルはこちらに振り返ることもせず大丈夫だと言う。背中に目でも付いているのだろうか。

「これは魔力の残滓《ざんし》を集める為に使う薬なんだ」

「魔力の残滓？　すみません、私そんなに魔法に詳しい訳ではないので」

「痕跡のことだよ。大きな魔力の発散があると、そこに魔力の残りカスみたいなのが残るんだ」

魔力の発散。主に魔法が使われると使用者の魔力が放出され、それが残滓となってしばらくその場に残る。もしくは大きな魔力を宿す生物が暴れたりすると、こちらも同じく魔力が残滓となって残る。

その残りカスを調べることによって、ここでどんな魔法が使用されたのか、そしてどんな魔物が居たのかを細かく調べることが出来るとエルは説明していた。

「もちろん、技術は必要だけどね」

「そんなことも出来るんですね。魔力って魔法を使ったりするだけのものだと思ってましたよ」

後はガラムのように肉体に魔力を流して身体能力を強化させることとか。以前、ガラムはその技で岩を剣の一振りで両断していた。

「エルの師匠のオルトラム様がね、色んな魔力の使い方を研究してるんだ。魔力の残滓もオルトラム様が初めて見つけたんだよ」

「すごいですね、流石《さすが》オルトラム様です。賢者と言われるだけはあるんですね」

「うん、エルの師匠はすごいんだ。お陰で魔法を使った犯罪もすぐに犯人を見つけられるからね。こんな風に」

エルが杖を構えて薬を振り撒いた地面を叩《たた》く。すると杖の中心から魔力の波のようなものが広がっていった。

しばらくすると広がった波がどこかで折り返して来たのか、エルの杖先に向かって収束していく。

リリムには何が行われているのかまるで理解出来なかったが、魔力の波を広げたエルにはリリムの理解を超えた何かが分かった様子だった。

顎に手を当てて思いつめたように深く沈思している。

「魔法が使われた形跡はない……か」

「やっぱり竜だったりします？」

「うん、これ『フエラブリュカ』って竜の魔力だね」

「ふえらぶりゅか？　なんだか可愛《かわい》い名前ですね。意外と大したことないのでは？」

「ううん？　全然強いよ。すごく硬い青い鱗《うろこ》を持っててね、大砲も効かないんだ。ルーク様も剣を折られてとっても苦戦したんだよ」

「今すぐ逃げましょう」

森の一部を焦土に変えた犯人が竜と分かったのなら、さっさと逃げた方が良いだろう。あの英雄ルークが苦戦する魔物だ。誰が対抗出来るというのだろうか。

今すぐこの場から離れたいのでリリムが回れ右すると、背後のエルに『待って』呼び止められた。

「魔力の残滓を証拠として採取したいから、もう少しだけお時間くださいな」

しゃがみ込んだエルがローブの内側から小瓶を数個取り出し、杖を小さく振るって魔力を集め始めた。

竜が居ることが確定したのだかもう少し慌てても良いのではとリリムは思うのだが、呑気《のんき》にもエルは集めた魔力の入った瓶を振って具合を確かめている。

「あれ？　ちょちょちょエル様？　微精霊様の様子が……っ」

急に微精霊がリリムの周りを忙《せわ》しなく旋回を始めた。赤く発光している。これは危険を知らせる合図だ。魔物が近付いている。

Aランク冒険者のエルが辺りの警戒を弱めて隙を晒《さら》したからか、魔物の気配がどんどん近付いて来ている。

「エル様……エル様エル様エル様！　やばいですよ！」

ちらっと横目でエルの様子を確かめると、未《いま》だ小瓶に魔力を集めていた。リリムの悲鳴に少しだけ周囲の様子を確かめる素振りを見せたが、すぐに魔力集めに戻ってしまう。

「エル様!?　微精霊様が全力でやばいって言ってますよ！　私達の周りをすんごいぐるぐる回ってます！　これ竜じゃないですか!?」

「……大丈夫だよ。竜ならエルでも分かるから」

とエルは言うのだが、草藪《くさやぶ》から飛び出して来たのは青い鱗を持ったトカゲのような魔物だった。

それが四匹だ。リリム達の元へとんでもないスピードで近付いてくる。

「青い鱗！　あの魔物、さっき言ってたフエラブリュカじゃないですか!?」

奇声を発しながら近付いてくるその魔物達は、エルがつい先ほど言っていたフエラブリュカの特徴である青い鱗を持っている。

もしやもしやの竜じゃなかろうか。

大慌てのリリムはエルの背中をバシバシと叩くも、肝心のエルは未だ小瓶から視線を外そうとしない。

「……あれはドラゴンモドキだから安心してね。ほら、翼はないでしょ？　あの魔物は竜に擬態して、竜の食べ溢《こぼ》しを狙う魔物なんだ。卑怯《ひきょう》で狡猾《こうかつ》だけど、大して強くないよ」

『ゲアアアアアアアアッ！』

「どわぁッ!?　牙が！　牙がすごいです！　絶対強いですよあれ！」

よだれを撒き散らしながら大口を開けたドラゴンモドキの牙を見て、リリムは絶叫をあげてその場から飛び退《の》く。あんな牙を生やした魔物が弱い訳がない。どう見たって肉食獣だ。

エルは魔力集めに集中している。

そんな隙だらけの獲物目掛けて、ドラゴンモドキが飛び掛かった。

「リリムさん、あまりエルから離れないでね」

次の瞬間、仰《の》け反《ぞ》るように身を引いて振り上げたエルの上段蹴りが、無防備に大口を開ける魔物の下顎を打ち抜いた。引き裂けた肉と砕けた牙の残骸が宙に弾《はじ》ける。

「ね？　弱いでしょ」

「いやいやいや！　後ろですエル様！　次が来てます！」

体勢を立て直して立ち上がったエルが、こちらに笑みを浮かべて同意を求めて来る。そんなことしてる場合か。リリムが慌てて後方に指を差せば、振り向いたエルの拳が二匹目のドラゴンモドキを頬を殴りつける。

魔術師って何だろうかと考えさせられる肉弾攻撃が続く。手にしている杖はお飾りだろうか。

「そりゃっ！」

魔物を殴りつけた勢いそのままに、軸足を返して一回転したエルが杖をフルスイング。直撃を貰《もら》った三匹目のドラゴンモドキが遠くに吹っ飛ばされて見えなくなった。

本場の魔術師は杖をああいう風に使うのかとリリムは他人事《ひとごと》に思う。

『グゲゲゲッ!?』

あっという間にたった一匹となってしまったドラゴンモドキは足を止めてバックステップ。即座に背中を向けてこの場から逃げ出した。魔物でも恐怖は感じるようだ。

「ドラゴンモドキは本来この森に居ない魔物の筈《はず》だから逃がさないよ。生態系を壊されたら困るからね」

逃げ出すドラゴンモドキの背に向けられた杖から縄が射出された。これは【捕縛魔法】だ。以前にルーゴから見せて貰った『無の属性』を宿した魔法。

広場では炎の魔法を使っていたが、ルーゴ曰《いわ》く珍しいと言われる無属性魔法も彼女は扱えるらしい。流石は魔人と呼ばれる魔術師だとリリムは瞠目《どうもく》する。

「はい、捕獲完了です」

縄が魔物を完全に縛り付けた。

鋭い牙を持つ口すらも縛られたドラゴンモドキはもう捕縛魔法を解くことは出来ない。勝負ありだ。

「ドラゴンモドキってね、竜の居る場所で必ず見つかる魔物なんだ。この魔物を持って帰れば、竜が居たっていう証拠になる。フエラブリュカの魔力の残滓も合わせて提出すれば国も必ず動いてくれる筈だよ」

加えて冒険者ギルドもこれでAランク冒険者を派遣してくれるようになるとエルは説明する。

続けてエルは、何故《なぜ》だかリリムに頭を下げた。

「エル様？」

「リリムさん、ごめんね。さっき振り撒いた薬品って、魔力の残滓を見つけ易《やす》くする薬じゃなくて、魔物を誘《おび》き寄せる薬だったんだ」

「えぇッ！　ちょ、エル様!?　何してるんですか!?」

「証拠になるドラゴンモドキを釣ろうと思ってたんだけど、リリムさんを怖がらせるかと思って嘘《うそ》吐《つ》いちゃった。本当にごめんね、魔物を見ただけであそこまで狼狽《うろた》えると思ってなくて」

「い、いえ……理由があるなら良いんですよ。理由があるなら」

だからドラゴンモドキが出て来てもエルは全く動じていなかったのか。魔物を誘き寄せるだなんて自殺行為も良いところだが、そのお陰で竜が居たという証拠を得られたのならリリムは良しとすることにした。

危うく泣いてしまいそうだったことは言わないでおく。


帰り道。アーゼマ村に戻る途中、陽《ひ》が落ち始めて少しだけ薄暗くなったマオス大森林の中で、リリムは再びエルに頭を下げられた。

「嘘吐いたことはもう全く気にしてないので大丈夫ですよ。しばらくはエル様と森に入りたくないなって思うくらいです」

「割と気にしてるね。本当にごめん。でも今、謝ったのはそっちじゃないです」

「……と言いますと？」

他に何を謝罪することがあるのだろうか。リリムが小首を傾《かし》げると森を歩きながらエルはポツリと言った。

「リーシャ様のこと」

「ああ、そのことでしたらエル様が気にする必要はないですよ」

「いえ、仲間が迷惑を掛けましたので、一言でも謝りたいなって。詳しい話は分からないけど、無理やりリリムさんを教会に連れてったって聞いたから」

「エル様は随分と律儀ですね」

聖女リーシャはエルと共に英雄ルークのパーティに所属していた仲間だ。だからと言って責任を感じる必要はない。

それになんと言えば良いのかリリムには分からなかったが、たった十三歳の女の子が大人のやんちゃに頭を下げる姿は少し居た堪《たま》れない。

「ほら、あの人、強引なところあるから」

「あ～……ですね、実際に対面したので分かります。ちょっと強引ですよね」

ちょっとどころか結構強引だった気がするが、身内のエルが気を悪くするかも知れないので控えておく。

リーシャに手を取られて問答無用で聖教会に連れて行かれたことは記憶に新しい。

仲間にも強引だと言われるくらいなのだから、リーシャは少し落ち着きを身に付けた方が良いだろう。

リリムの目には、リーシャはなんでも思い通りになると思っている子供のように映った。

反対にエルは今のように相手を気遣ったり、調査員としての仕事に実直だったりと大人のような面を見せることが多い。

先ほど嘘を吐いたのもこちらへの気遣いが理由だったので、ここは年上のリリムが目を瞑《つぶ》ってあげれば良いだろう。

それが無鉄砲な作戦だったのならば厳しく叱りつけるところだが、お陰でドラゴンモドキという竜がこの森に潜んでいる証拠を手に入れられたのだ。

リーシャのように他人に迷惑を掛けるだけではない。少なくともリリムの目には、エルはちゃんとした理念の下に行動していると思える節があった。

「あ、魔物だ」

微精霊が危険を知らせると、エルが杖からなんかレーザーみたいなのを森の奥に放つ。魔物は居なくなったようだ。

ルーゴはエルのことを疑っていたようだが、エルは強くて頼りになるのでリーシャのような恐ろしい人物ではないだろう。

「リリムさん、エルが付いてますので、帰りも安心してね」

「はい、よろしくお願いします」

「うん、お任せくださいな」

胸を張ったエルがニコリと微笑《ほほえ》んだ。

この子の目は宝石のように綺麗《きれい》な瞳をしている。

濁り気もないような、汚れも知らないような、そんな目を真《ま》っ直《す》ぐに向けられれば多少は絆《ほだ》されてもしょうがないだろう。

エルは怪しい人物ではない。

今回の仕事を通してリリムはそう断言出来る。

なにより、自分が無事にアーゼマ村に戻れたことが良い証拠だろう。

マオス大森林を出て村の入口の前に辿り着くと、ティーミアとルーゴがリリム達のことを出迎えてくれた。

魔法障壁によって強固に固められたアーゼマ村。いつの間にか門まで出来ていた村の入口から、ティーミアがエルの元へ真っ先に駆《か》け寄ってくる。

「遅かったじゃないのさリリム。それにエル！　今日はあたしにあんたの魔法を教えてくれるって約束だったでしょ！　あんまり待たせるんじゃないわよ！」

「仕事だから。でも、ちゃんと約束は守るよ。でもちょっと冒険者ギルドに送る報告書を書かなくちゃいけないから、それが終わったら広場に行こ」

「うん！」

こちらもいつの間にか、相当仲が深まった様子だ。

ティーミアが『早く行こ！』と手を引っ張ると、エルが『ちょ、ちょっと待ってよ』と困っていた。妖精王は今日も強引だが、リーシャと違ってその様子は微笑ましいものがある。

「リリム、戻ったか」

ルーゴは仕事を果たしたエルには目もくれず、真っ先にリリムの元へと寄ってきた。

彼女はこの村の為に働いてくれたのに、それは流石にあんまりじゃないかとリリムは眉《ひそ》を顰める。

だが、彼もこちらのことを心配していたのだろう。

「ルーゴさん、ただいまです。何も心配する必要はないですよ。ほら、五体満足です」

両手を広げてリリムは無事をアピールした。

その様子にルーゴは兜《かぶと》の上から頬を掻《か》いてため息を溢していたが。

「エルとマオス大森林に向かったと聞いたんでな。……そうか。無事なら安心だが、何か変わったことはなかったか？」

「全く全然です。それにエル様はやっぱり無実だと思いますよ。エル様はこの村の為に今日は頑張ってくれたんですから。それにあれを見てください」

リリムが門の前でティーミアと手を繋《つな》いでいるエルの背を指で差し示す。そこには気を失って大人しくさせられているドラゴンモドキが背負われている。

「あれは……ドラゴンモドキか。何故マオス大森林に居る」

「なんでも竜の近くに居る生物だそうですね。つまり証拠になるとエル様は言ってましたよ。これでもう安心ですね」

「安心？　竜が近くに居ることの確証を得たのなら、安心している場合ではないだろう」

「ん、それもそうですね。私、何言ってるんだろう」

竜が居る証拠を得られたのなら、これで国やギルドが動いてくれる筈、リリムはそう思ったのだ。Ａランク冒険者や国の屈強な兵士が救援に駆け付けてくれると。

そもそもの話で、Ａランク冒険者や国の兵士達でさえ手に負えないのだから、竜は危険な魔物だとリリムもそう認識していた筈。

リリムは何か自分の記憶に引っ掛かりを覚えたが、それはまあ気の緩みだろうと気にしないでおくことにした。

なにせこの村には、

「英雄ルーク様の元パーティメンバーだったエル様が居るんですから、ルーゴさんも少しは気を緩めても良いんじゃないですかね？」

「……それもそうだな」

隣のルーゴがエルの背に顔を向ける。

視線に気が付いたエルがこちらに振り返り、口角を吊《つ》り上げた。

笑っている。

帰路の時と一緒で、自分が居るから安心してくれと言いたいのだろう。短い時間だが、共にマオス大森林に潜ったリリムには分かる。

ルーゴは視線をエルに預けたまま、こちらに問う。

「リリム、森でエルが何か薬品を使っていなかったか」

「……？　ん、あ～、なんだっけ、そういえば使っていたような気が――」

リリムはマオス大森林での出来事を思い浮かべる。

エルは『フエラブリュカ』という竜の魔力の残滓を集める為に、ローブの内から小瓶を出していた。

そうだ。あの小瓶に何か紫色の液体が入っていた気がしたが、魔力を集める為にその瓶を取り出したのだから、何か入っている訳がない。

記憶違いだ。そうに違いない。

「――いや、薬品なんて何も使ってなかったですね」

「そうか、分かった」

「ルーゴさん、もしかしてまだエル様を疑ってるんですか？　それって彼女を無実だって言っている私も疑ってるってことになっちゃいますよ？」

「すまない。そんなつもりはなかったのだが……」

リリムが少しだけ怒った素振りを見せるとルーゴがたじろいでいた。

それでも何か言いたいようにしていたが、ルーゴはどうやらまだエルのことを疑っているらしい。

少ししつこいのではないだろうか。

しかし彼はアーゼマ村の用心棒なので、そのくらい警戒心が強い方が良いのだろう。

けれどもリリムは知っている。エルはこの村の為に頑張ってくれる心優しい少女だと。自分が分かっていればそれで良い。

エルはリーシャとは違うのだ。

何かあれば、自分がエルの味方になってあげよう。

リリムはそう思った。

第8話 秘策

我らがシルフには精鋭部隊と呼ばれる戦闘のエキスパート達《たち》が居る。

少し前までは巨大樹の森にあったシルフの巣を守ることが彼らの役目であったが、最近は共に暮らすことになったアーゼマ村の周辺を警らすることが仕事になっていた。

しかし、その仕事も最近では必要なくなってきている。

それはルーゴが竜の襲撃に備えて作り出した【魔法障壁】と呼ばれる結界魔法が理由だ。この強固な壁があれば大抵の魔物はアーゼマ村に手出し出来ないだろう。

「うっわ〜、なんか昨日よりも高くなってまっすね。十メートルくらいはあるんじゃないんすか?」

ペーシャは巨大に壁を見上げた。

この魔法障壁は日々成長中だ。

以前は随分高い壁を作ったもんだと感心したが、今は更に高くなった壁を見て表情を引き攣《つ》らせる。こんなものを普通に作れるのはこの世界で数えるくらいしか居ないだろう。

というより、元Sランク冒険者のルーゴにしか出来ない所業かも知れない。

この壁が【結界魔法】の一種だということをペーシャは知っている。

そしてその【結界魔法】が魔法よりも更に上の位置付けである【高等魔法】だということも知っている。

この魔法のお陰でシルフの精鋭部隊の仕事は、壁の上から魔物が居ないかを見張るだけで済むようになった。

「いや～、ルーゴ様は良い仕事をしますな！　我らも気が楽ですよ！　もし魔物が現れても壁の上から風魔法を撃つだけで撃退出来るのですからね！」

なんて精鋭部隊の隊長は豪快に笑っていた。

魔物と戦わなくて済むのが相当嬉《うれ》しいようだ。

こればかりは竜に感謝しなくてはならないだろう。

竜がマオス大森林に現れたかも知れないという可能性がなければ、ルーゴもこんな【魔法障壁】を作ろうとは思わなかった筈《はず》だから。

もう少し前に『野郎の墓場』と呼ばれる盗賊集団が盗みを働いたのも、ルーゴがこの壁を築いたきっかけの一つかも分からない。

少しだけ気になることを言っていたが。

（くっそ～……この村は簡単に盗みが出来るって聞いてたのに、こんな化け物共が居るなんて聞いてねぇぞ）

村の広場でルーゴとティーミアに捕まった盗賊の一人がそう言っていたらしい。こんな化け物共が居るなんて聞いてねぇぞとは一体、誰から聞いた話なのだろうか。

この村には冒険者ギルドのマスターであるラァラが寄越《よこ》した冒険者が数多く滞在している。彼らは村の宿で寝泊りしているので、考えようによっては、アーゼマ村は常に冒険者に守られていると言っても過言ではない。

冒険者達は村で盗みを働いた盗賊達を捕まえるのにも一役買ったようなので、その考えはやはり間違いではない。

そんなアーゼマ村を狙った盗賊達は不憫《ふびん》でしょうがないとペーシャは思った。誰にそそのかされたのかは知らないが。

今はアーゼマ村の入口に門が完成し、あろうことか精鋭部隊が管轄する関所まで出来てしまったので、もはやそこいらの盗賊は足を踏み入れることすら叶《かな》わない。

「隊長さん隊長さん、そういえば空を見張ってくれている精鋭部隊の人達って、ルーゴさんに『不思議な鳥』を探して欲しいって言われていたそうでっすが、どうっすか？　見つかりまっしたか？」

「ああ、そんな話もありましたな。見つかってはおりません。それにルーゴ様から鳥はもういいと言われましたので、不思議鳥の捜索は撤回しましたぞ」

「え、そうなんすか」

「ペーシャ様も探されていたのですか？」

「いえ、ただ私も頼まれただけでっす」

「流石《さすが》は妖精王様の右腕です、ルーゴ様に頼りにされているのですな」

ガハハと精鋭部隊の隊長はとんちきなことを言って笑っていた。

実際にはルーゴに頼まれた訳ではないのだが、とりあえず隊長と話していても収獲はなさそうなので、ペーシャは手を振ってこの場を後にする。

頼まれたのはリリムからだ。

（ペーシャちゃん、もしお外に出るのでしたら、もののついでに『不思議な鳥』を探して来てくれませんか）

（不思議な鳥？）

（はい。実はルーゴさんがエル様を何やら疑っているようでして。それがさっきも言った『不思議な鳥』に関係してそうなんです。私、エル様は怪しくないよって証明してあげたいので、ちょっと頼まれてくれませんか）

（まあ、良いっすけど）

リリムは診療所が忙しいので手が離せないそうだ。

お手伝いであるペーシャは週に二日ほどお休みを貰《もら》っているので、こうして暇な時は外をほっつき歩いていたりする。

そのついでとして、ペーシャはリリムの言った『不思議な鳥』を探していた。

今のところ有力な情報は得られていない。

というよりかは当てがなさ過ぎるので大して必死に探してもいない。リリムには申し訳ないが、ペーシャはエル・クレアという少女の無実を証明する気はさらさらない。

「ふ～ん、風魔法ってこういう感じに使えば更に強化出来るんだ」

「そうそう。やっぱり妖精王様は筋が良いね。とっても教え甲斐《がい》があります」

「ふふん！　でしょでしょ！　そうでしょッ！」

村の広場に差し掛かると、丁度エルの声が聞こえて来た。

その隣には我らが妖精王が居る。普段は見せないような笑みを浮かべていて、実に楽しそうだ。

その近くには、冒険者と共に【土魔法】の一種であるゴーレムを作っているルーゴが居た。

村の中をゴーレムが徘徊《はいかい》するようになったのは、ルーゴと一緒に魔法を使っているあのセシリアという冒険者のお陰だ。所為《せい》とも言うべきか。

他にもフレイルやガラムといった見知った面々もそこに集まっていた。

彼らは避難の準備が完了するまでの間、ルーゴの指示の下、魔法で村の守りを固めてくれている。

「ルーゴさん、こんちわっす」

「ペーシャか。俺に何か用か？」

「用がなかったら来ちゃ駄目なんすか？」

「意地悪な言い方をしてしまったな。すまない、そんなことはないよ」

その場にしゃがみ込んで目線を合わせてきたルーゴがこちらの頭を撫《な》でてくる。どうやら子供扱いしているようだ。

「頭撫でられても嬉しくないっすよ。だって私はリリムさんと同じ十五歳でっすからね」

「そうか、悪かったよ。お前は意外としっかり者だからな」

意外とは余計だだが、やめてと伝えればルーゴは素直に頭から手をどけてくれた。真っ黒兜《かぶと》を被《かぶ》っているので見た目は怪しいが、ルーゴは割と優しい性格をしている。

近くに居たガラムは『十五ってまだ子供じゃねぇか』とほざいていた。こちらのBランク冒険者は性格もBランクらしい。

「えぇ～!?　ペーシャちゃんって十五歳なんスか！　俺より年上だとは思ってなかったですよ！」

「ふっふっふ。フレイルの坊や、これからはペーシャのことをお姉さんと呼ぶが良いでっす」

「ペーシャの姐《ねえ》さん！」

イントネーションが違う気がするが心地良いので良しとする。

シルフは背丈が人間よりも小さいので、この村に来てからは子供扱いされることが多かった。

あの妖精王さえそこらを歩いていれば、村中のお爺《じい》ちゃんお婆《ばあ》ちゃん連中に駄菓子を貰いまくって、帰る頃には両手が塞がっているほどなのだから。

今もどこかで貰って来たのだろうお菓子をエルと一緒に貪りながら、仲良く魔法の試し打ちをし

ている。

「ルーゴさん、あいつなんなんすか」

「あいつとは誰のことだ」

「エル・クレアのことでっす」

「ちょっとペーシャさん、もしかして自分の主《あるじ》を盗《と》られて嫉妬しちゃってる感じ？」

ルーゴに話し掛けていたのだが、近くでゴーレムを作っていたセシリアに横槍《よこやり》を入れられる。違う、別に嫉妬している訳ではない。

「そうじゃないっす。ちょっとどっか行ってくださいよ」

リリムがセシリアのことを人と接し方に難があると言っていたが、まさにその通りの女の子だ。本で読んだことがあるが、確かああいう人種のことをコミュ障と言うのだそうな。

「私はルーゴさんに用があるんすからね」

「やっぱり俺に用があるんじゃないか」

「へへへ、私はいたずら妖精なもんでして」

ペーシャはセシリアにしっしと手を振って追い払う。

リリムはルーゴがエルを疑っていると言っていた。

ペーシャはそれに概《おおむ》ね同意である。

理由はごく単純なものだ。

「あいつめちゃめちゃ血の臭いがしまっすけど、本当に味方なんすか」

小声で言うと、ルーゴが身に纏《まと》う雰囲気が変わった。

他のシルフには分からないかも知れないが、ペーシャにはその臭いというものが分かるのだ。今は診療所で働いているが、シルフの巣に居た頃は妖精王からは斥候を任されていた。それは偏《ひとえ》に人一倍、ペーシャは匂いに大して敏感だからだ。

その能力は以前ルーゴが巨大樹の森に攻めて来た時、ペーシャはあの元Sランク冒険者であるルーゴよりも先に匂いでその気配、姿を認識していたほどだ。

だからペーシャには分かる。

エル・クレアには身の毛もよだつようにべったりと、血の臭いが纏わり付いている。洗い落としているだろうがペーシャには隠せない。

「実際のところどうなんすか」

「俺も疑ってはいるが、確証が得られていない。記憶の限りでは、この村に危害を加えるような子ではなかったと思っているのだがな」

ルーゴは元Sランク冒険者ルーク・オットハイドその人だ。

エル・クレアとはパーティを共にした仲間で、この場に居る誰よりも彼女については詳しいだろう。

そんなルーゴが敵か味方かも分からないと。

ルーゴが何故《なぜ》、兜を被って正体を隠しているかも、どうしてエルに正体を打ち明けようとしないのかの理由もペーシャは知らないが、それ相応の訳があるに違いない。

それがそのままエルへの疑いに変わる。

何よりルーゴがこんなに疑いを持つ相手に対して、リリムが無実を証明しようと奮起していることの状況が何か気に食わない。

嫉妬ではないが、妖精王がエルにべったりなのも気に食わない。

「ペーシャ、あいつにはあまりちょっかいを掛けるな。お前は何も知らない、聞いていない振りをしていろ」

「どうしてでっすか？　私、少なくとも協力出来まっすよ」

「あまり刺激を与えたくない。あいつは気まぐれでこの村を消し去ることが出来る魔術師だからだ」

「ほ、本当っすか？」

そう尋ねるとルーゴが静かに頷《うなず》いた。

流石は英雄の仲間だ。それ相応の力を持っているらしい。

確かに刺激させない方が賢明だろう。

ルーゴが疑っているエルに対し、あまり積極的に事に当たろうとしていない理由が分かった気がした。ゴーレム作りに没頭しているのはその為《ため》だろう。

「そこで一つ、お前に頼みたいことがある」

「き、協力出来るって言っちゃった手前、断れないっすね」

「なに、簡単なことだ」

ルーゴは再びその場にしゃがみ込み、ペーシャに目線を合わせた。

「リリムと共に診療所で暮らすペーシャにしかこれは頼めない。あいつを守ってやってくれないか。様子がおかしいんだ」

ちょうど、ペーシャも何か気に食わないと思っていたところだ。

◇◆◇

「ペーシャちゃん、結果はどうでしたか？」

診療所に帰るとリリムが開口一番に尋ねてくる。

いつもは『おかえりなさい、ペーシャちゃん』から会話が始まるのだが、今はエルの無実を証明することの方が大切のようだ。

ルーゴの言う通り様子がおかしい。

また魔力を補給出来ずにおかしくなったのかと思っていたが、どうやらそうではない様子。

時刻は十七時。

夕飯の用意をしていたのだろう、台所から良い香りが漂ってくる。今夜はカレーのようだ。ペーシャの大好物である。人間の食べ物は素晴らしい。

「その様子だと何も成果はなかったみたいですね」

台所に戻ったリリムが鍋をかき回している。

香辛料の香りで鼻がピリピリしてくるが、これがまた良いスパイスになる。

「そっすね。ごめんなさいでっす」

そう答えるとリリムの手が止まった。

「そうですか」

リリムの口も止まった。

「……まさか夕飯抜きとは言わないっすよね」

「いえいえ、まさか。私ってそんな酷《ひど》い人に見えますか？」

「見えないでっす。リリムさんって基本優しいんで」

「よろしい」

ニコリとリリムが口元を緩めた。

目は笑っていなかったが。

「ペーシャちゃん、今日のカレーは甘口にしますか？　それとも辛口にしますか？　お好みで変えられますので、今の気分を教えてください」

「ふ～ん？　いつもは絶対甘口なのに今日は辛口にも出来るんすね」

「そうなんです。今日ハーマルさんに特別なレシピを教えて貰ったんですよ」

「リリムさん、もしかして診療所を空けたんすか？　いつもは私がお留守番出来ない状況だと絶対に留守にはしないのに」

「……ハーマルさんが今日、たまたま診療所に来たんですよ」

問えばリリムの返答にちょっとした間があった。

なんだか本当にいつもと様子が違うのでおっかなくてしょうがない。

一体なんのだろうか。

ハーマルさんは本当に診療所を訪ねて来たのか？

診療所の玄関も、居間も、診察室も、二階からも、台所からも、ハーマルさんの匂いは微《かす》かにすら残っていない。

ペーシャは分かる。

ハーマルさんは今日、診療所には来ていない。

「じゃあ、とりあえずいつもと違う辛口が良いっすね。私、リリムさんが作るカレーが好きなので、どんな味もたぶんイケると思いまっす」

「あら、嬉しいこと言ってくれますね。それじゃあ、今日は辛口にしよっかな」

気を良くしたのかリリムがふんふんと鼻歌を口ずさみながら、再び鍋をかき混ぜ始めた。

そしてポケットから何やら紫色の液体が入った小瓶を取り出し、詰め栓を外してカレーの鍋に投入する。

「それなんすか？」

「これが美味《おい》しい辛口カレーを作る調味料なんですよ」

「へぇ。なんだか頭がくらくらする臭いがしまっすけど、それ調味料じゃなくて薬品の類じゃないんすか？」

「もう！　ペーシャちゃん、今日は何に対しても疑って掛かって来ますね！　邪魔なので大人しく居間で待っててください！」

リリムに怒られてしまったので、ペーシャは言われた通り居間に退散することにした。

「はぁ、リリムさんってば本当におかしくなっちゃってるなぁ」

ソファに腰を下ろしたペーシャは思わず頭を抱えてしまう。

ルーゴからはリリムを守ってやってくれと頼まれたが、さてさてどうしたもんかと腕を組んで考える。

様子はおかしいが正気を失っている訳ではないようだ。

ルーゴから助言を貰いたいが、そのルーゴがエルから目を離せないと広場では言っていたので協力は得られそうにない。

ましてやエルを刺激してはいけないので、今起きているリリムの問題はなるべく診療所の外に持って行かない方が賢明だろう。

つまりペーシャ一人でどうにかするしかない。

「あの紫色の液体、絶対やばい薬だよなぁ」

リリムがカレーに投入していたあの薬品は調味料ではない。確実に怪しい薬品である。どうしてそんなものをカレーに投入したかの理由は定かじゃないが、とにかくあのカレーを食べる訳にはいかない。

対策を打つ必要がある。

一応、ルーゴから秘策を貰っているが、これを使うにはタイミングが重要だろう。

「ううう！　せっかくの大好きなカレーが食べられないなんて！　くっっっっそおおお！　一体誰がリリムさんを！　許せない！」

恐らく犯人はエルなのだろうが、ルーゴが確証がないと言っている以上、初めから疑ってかかるのはまずいだろう。

仮にエルが無実だとしても、怒らせたらこのアーゼマ村が吹っ飛ぶかも知れない。

「はい、ペーシャちゃん、お待たせしました。美味しい辛口カレーですよ」

しばらくするとリリム特製の薬物カレーがテーブルに並んだ。

しかし、ペーシャは既に対策を打っているので、このカレーは食べなくて良い。

「ごめんなさいリリムさん。私、お饅頭《まんじゅう》食べてお腹《なか》いっぱいなのでカレーは要らないでっす」

「なにしてるんですかペーシャちゃん!?」

戸棚からハーマルさんが偶《たま》に分けてくれるお饅頭をいっぱい食べてしまったので、ペーシャのお腹は既にパンパンである。従ってカレーが入る隙間はない。

我ながら完璧な作戦だ。

リリムに何も悟られずカレーを食べずに済む方法はペーシャにはこれしか浮かばなかった。よくよく考えればもっと良い方法があった気がするが、もう後に引けないのでこれで押し通すことにする。

「お、お饅頭……私の分まで食べてしまうなんて」

「ごめんなさいでっす」

「今日はカレーだって言ったのに。私のカレーはお饅頭以下ですか……」

「ごめんなさいでっす」

ペーシャの評価におけるリリムのカレーはお饅頭以上である。

従ってリリムのカレーになんら落ち度はない。

悪いのはこの薬物カレーである。

「でもリリムさんのお饅頭は残しておいたので安心してくださいでっす」

「あ、そうなんですか？　良かった～」

そう言っている割にリリムは浮かない表情をしていた。

それもその筈だ。ペーシャが残していたお饅頭には、既にあの薬品が仕込まれていたのだから。

実に用意周到であるが、怪しまれない為か数個だけ普通のお饅頭を残しておいたのが運の尽き。

ペーシャは臭いで薬物饅頭を避けることが出来る。

「ペーシャちゃん、あんまりおイタをしてるとしばらくおやつ抜きにしますからね」

薬物をカレーに仕込んでおいてよく言うよとペーシャは思った。

「せっかく親切な方から良い調味料を貰ったというのに勿体《もったい》ない。もうペーシャちゃんには食べさせてあげないですから」

不貞腐《ふてくさ》れた様子のリリムは椅子に腰を落としてカレーに口を付けていた。ペーシャはソファから対面の椅子に移動する。

「あれ、その調味料ってハーマルさんから貰ったんじゃないんすね」

リリムがポンコツなだけなのか、ただ本当に様子がおかしいだけなのか知らないが、今日のリリムはよく口を滑らせる。

ハーマルさんから辛口カレーのレシピを教えて貰ったと言っていたので、あの得体の知れない調味料はハーマルさんから貰った物か、自身が調合した物だとリリムは口にしなければならない筈だ。

それを親切な方から貰ったと。

疑っていたエル以外の第三者が出てきたのでペーシャは問い詰めることにした。

「いえ、気にしないでください」

「気にしまっすよ。その調味料を私に一服盛ろうとしたんすからね」

「だから、薬物みたいに言わないでください」

「薬物でっすよね？」

それはもう分かっているとペーシャは言い切った。

リリムがカレーを口に運ぼうとしていた手を止めて、静かにこちらへと視線を合わせてくる。

「知っていたんですか？」

「っていうことは、それはやっぱり薬物なんすね。どういうつもりっすかリリムさん。それ、一体どんな薬なんすか」

「別に？　どうってことないですよ。ただ、良い物とだけ言っておきます」

つまりは怪しい薬なのだと。

リリムは口元を歪《ゆが》めて内ポケットから小瓶を一本取り出した。その中身は先ほど見た紫色の液体で満たされている。

まさか見せつけてくると思っていなかったペーシャは一瞬だけ反応が遅れてしまったが、風魔法を羽に乗せて瞬時に薬品に向かって手を伸ばした。

「リリムさん！　それを渡してくださいっす！」

「おっと」

その一瞬が余裕を与えてしまった。

伸ばしたペーシャの腕はリリムの手に捕らえられる。

「うえっ!?　なんすかその反応速度!?」

「ん？　ペーシャちゃんが遅過ぎるだけでは」

こちらは風の力を使って速度を上げていたというのに、全く戦闘の出来ないリリムに手を押さえられたのが信じられなかった。

驚愕《きょうがく》に目を見張るペーシャは、リリムの目を見て更に驚く。

赤く染まっていた。エンプーサの特徴が色濃くそこに表れている。

今のリリムはペーシャの知っている薬師リリムではない。

王都で危険生物に指定されている悪魔エンプーサだ。

「放してくださいっす！」

「嫌ですね。この薬を飲んでくれるなら放してあげますよ！」

腕を摑《つか》まれたまま体ごと持ち上げられ、ペーシャは勢い良く壁に叩《たた》き付けられた。

とんでもない力だ。

打ち付けられた壁にヒビが走るほどの衝撃。

それでもリリムは腕を離してくれない。

「どうです？　気は変わりましたか？」

喉元を鷲摑《わしづか》みにされて壁に押し付けられる。

苦しい。リリムは加減というものを知らないらしい。

いや、加減が分からないのだ。

リリムは今まで誰かを傷付けることなんてしなかったのだろう。ペーシャはそんなリリムを変えてしまったこの薬品が許せなかった。

「わ、分かりまっしたから……もう痛いことしないで欲しいでっす」

「よろしい」

ペーシャが堪《たま》らず首を縦に振れば、微笑《ほほえ》んだリリムはようやく首根を摑む手の力を弱めてくれた。伴って腕を摑む力も弱まる。

「なんてねっ」

「……ッ！」

風魔法。

突風がリリムの体を弾《はじ》き飛ばした。

一緒にカレーとテーブルまで吹っ飛んでいく。

勿体ないがこれはリリムが悪いので許して欲しい。

「ああ、……薬が」

襲い掛かった風の所為で、紫色の薬品が入った小瓶も割れてしまったようだ。床に広がったその液体は、シュウゥという音を立てながら蒸発していった。

カレーと違ってそちらは回収したかったがこの際どうでもいい。リリムをどうにかする方が先決だ。

「ペーシャちゃん……この嘘吐《うそつ》きッ！」

「私を誰だと思ってるんすか？」

嘘、口八丁はお手の物。

それがシルフ、いたずら妖精だ。

悪魔エンプーサと言っても所詮はあのリリムだ。何故だか力も強まっていて危険だが、戦闘のせの字も知らない素人。巨大樹の森で魔物と戦って来たペーシャの敵ではない。

「本当に許さない……ッ」

そうだ、敵じゃない。

「手加減して魔法は使わないつもりでしたが、しょうがないですね。私だってルーゴさんから魔法を教わっているんですからね。いざという時の為に、勉強だってしていたんですから」

「はえ」

敵じゃない？

「いくらペーシャちゃんでも、召喚魔法を使われたらどうでしょうか」

机に置かれていたのは一冊の魔導書。

以前リリムがルーゴから魔法を教わった時に興味を覚えたのか、村長から魔導書を譲って貰ったと言っていた。

それを手に取ったリリムの手が灰色に発光する。

本気で魔法を使用するつもりだ。それも高等魔法である【召喚魔法】を。

呼び出す魔物は、

「ストナちゃん！　私に力を貸してください！」

「だああああああああああ?!　待って待って待って！　ストナウルフには勝てないですって！　やめてくださいでっす！」

リリムが召喚魔法を行使するよりも早くペーシャは突風を放った。

ストナウルフなんて強力な魔物を召喚されたら堪ったもんではない。間違いなく八つ裂きにされるだろう。

「うぐッ!?」

突風をモロに喰《く》らってしまったリリムが、気を失ってその場に崩れ落ちる。

狼狽《ろうばい》したペーシャは思わず本気の風魔法をリリムに使ってしまった。

「あ……リリムさん。だ、だだ大丈夫っすか？」

返事はなかった。

だが、息はあるようだ。

力だけでなく、目が赤くなると体まで頑丈になるらしい。エンプーサは生存本能からあの状態に移行するとのことだったが、まさに生存に特化した形態なのだろう。

ひとまず安心したペーシャは、懐からルーゴから貰った秘策を取り出す。

「ルーゴさん、これ本当に大丈夫なんすよね」

ルーゴから貰ったそれは、たった一粒の薬だった。

なんでも症状の進行を止めて、毒を中和する効果を持っているらしい。

流石にリリムが作った即効性の物ではないので、効果のほどは祈るしかないだろう。それにあの紫色の薬品に効果があるかも分からないが、ペーシャは薬をリリムの口元へと持って行く。

気を失っている人に物を飲み込ませるのは難しいとペーシャはリリムから聞いていた。だが、今回は無理やりにでも飲んで貰うしかない。

「ちょっと我慢してくださいっす、リリムさん」

ペーシャは薬を押し込んだ。

第9話　訪問者

朝、起きると体が重たかった。なんだか気怠《けだる》くて具合も悪い。

ふと身を起こして自身の体の様子を確かめてみると、何故《なぜ》だか腕や体に包帯が巻かれていて手当てされたような形跡があった。

「え？　な、なんで？」

リリムにはどうして自分が怪我《けが》をしているのか覚えがない。

ズキリと痛む頭にも包帯が巻かれている。本当に何があったのだろうか。

「ん？」

布団を剝ぎ取ろうとしたところで、リリムのベッドにもたれ掛かるような姿勢でペーシャがすやすやと眠りこけていることに気が付いた。

状況から察するに、ペーシャが付きっ切りで看病をしてくれたのだろう。この不慣れな包帯の巻き方を見るに間違いない。

「ペーシャちゃ～ん？」

肩を揺すってもペーシャが目を覚ます気配がなかったので、リリムはペーシャのベッドに運んで

あげることにした。

理由は分からないが疲れているのだろう。

今日のところはゆっくりと休ませてあげよう。

「痛ッ……いててて」

診療所の薬師が怪我人みたいな姿をしているのは格好がつかないが、せっかくペーシャが処置してくれたので包帯はそのままにしておき、リリムは着替えて階段を下りていく。

体のあちこちが痛むのでゆっくりと階段を一段ずつ下りていく。

その姿はまるで老人。誰にも見られたくない。

ひとまず杖《つえ》が必要だ。

怪我人だからといってアーゼマ村唯一の診療所を開けない訳にはいかないので、リリムは杖を突きながらどうにかこうにか居間へと辿《たど》り着いた。

そして、居間の惨状を見て手の力が抜ける。

杖が転がってカランと乾いた音が、荒れ果てた居間に響いた。

「な、なにこれ」

テーブルがバッキバキに壊れていた。壁の至る所に亀裂が走っている。何故だか床にカレーを溢《こぼ》した形跡も見つかった。

一応、ゴミ等は綺麗《きれい》に整頓されていたのでペーシャが片付けてくれたのだろう。だとしても、何をどうすればこんな惨状になるのだろうか。

というか診療所がこんな有様になっているのに、自分は何をしていたのだろうか。

「ちょっとペーシャちゃ……んは寝てるんだった。なんで？　なんでこんなことに。本当に何が起きたんだろう」

もしやついに竜が現れたのだろうか。

その場合は診療所の居間を壊滅させるくらいしか出来ない竜になるのだが。

「なんだろう」

机の上、魔導書の隣に一枚の紙が置かれていた。

書置きだ。それもペーシャからの。これに居間が荒れ果てている理由が書かれているに違いないと、リリムは慌てて書置きに目を通した。

（リリムさんへ、まず居間がこんなことになった原因はリリムさんでっす）

「えぁ？」

（リリムさんが怪我をしているのは、私がリリムさんを風魔法でぶっ飛ばしたからでっす。ごめんなさいでっす）

「えぇ!?」

リリムはそこに綴《つづ》られていたペーシャの文字を見て、喉から変な声が出てしまう。

その原因が分からないからこの書置きを見ているのだが、まさか自分に原因があったとは思いもしなかった。

（覚えているかどうかは分かりませんが、リリムさんが変な薬品を私に飲ませようと大暴れしたんでっす。壁のヒビはそれが原因っすね。私はリリムさんに思いっきり壁に叩《たた》き付けられました。壁にヒビが入るまで。私の心にもヒビが）

どうやら壁を壊したのは自分らしい。

リリムは頭を抱えながら続きに目を通していく。

色々と恨み節が呪詛《じゅそ》のように続いているが、もしこれが本当ならば後で全力で土下座しようとリリムは思った。

（とりあえず、リリムさんが所持していた薬品が一本だけ無事だったので、それをここに置いておきまっす。リリムさんは薬師なので、成分の解析はお手のモノでしょう？　終わりましたらルーゴさんにそれを報告してくださいっす）

と、最後はふにゃふにゃの文字で締め括《くく》られていた。

眠気を我慢してまでこの書置きを残してくれたのだろう。

書置きの要点としては、居間が荒れ果てていたのはリリムが大暴れした所為《せい》。

その理由はペーシャにとある薬品を飲ませようとしたから。

その薬品は一本だけ残っていたので成分を解析して欲しい。

ということらしい。

「う〜ん、全く身に覚えがないけど、とりあえずやるだけやってみようかな」

後のことはルーゴが判断してくれるだろう。

本当に前後の記憶が曖昧だ。エルとマオス大森林に潜り、そこでエルは怪しくないと確信したことまでは覚えている。

どうしてエルを怪しくないと思ったのかも忘れてしまったが。

リリムは診療所を開ける準備だけ整えて、件《くだん》の紫色の薬品の成分を解析することにした。

二階の調薬室にある専用の機材を用いて含有されている成分を調べるのだ。全身の痛みで体が思うように動かないが、微精霊の力も借りてなんとか解析を終わらせる。

「微精霊様、これはハトア草の物で間違いないです？」

呼び出していた微精霊達《たち》に問えば、彼らは青い光を瞬いて肯定の意を露《あら》わにしていた。つまりこの薬品に含有される主成分はハトア草の物。

リリムの持っている古い機器の結果を見ても間違いない。

「ということは……催眠薬。なんでこんなものが」

ハトア草は強い幻覚作用を持つ毒草として有名な植物だ。

生物の脳を意のままに操り、自身の繁殖を手助けさせる一種の魔物でもある。

その植物に含まれる成分が、この紫色の薬品から検出された。

これを有効に使うことが出来るならば、他人を自分の思い通りに出来るだろう。それほど危険な薬物だ。

そんな物をペーシャはリリムが所持していたと書置きに残していた。それが意味するのは、リリムが誰かに操られていたということに他ならない。

リリムの背筋に悪寒が走った。

「いててて……。くっそ～、どこの誰だか知らないけど許せません」

悪寒に思わず身震いすると、腰の辺りから激痛が全身に走る。先ほど、薬品の成分を解析する前に痛み止めを飲んだのだが、全く効果が見られない。

どれだけ大暴れしたのだろうか。自分で自分がおっかなくなってしまう。

それを止めてくれたペーシャには感謝が尽きない。

同時に一服盛ったどこぞの誰かが許せない。

また頼ってしまうことになるが、急いでこの薬物のことをルーゴに知らせて解決して貰《もら》おう。

ペーシャはまだ寝ているのでお留守番をして貰えないが、今はそんなことを気にしている場合じゃない。急がなければ他の誰かがまだ狙われてしまうかも知れないのだから。

「……ん？　誰か来たのかな？」

耳を済ますと、微《かす》かに玄関からノック音が聞こえる。

成分解析に没頭していた所為で診療所を開けるのを忘れていたことを思い出し、リリムは大慌てで調薬室を後にする。

全身が未《いま》だ痛むので杖を突きながら廊下に辿り着くと、リリムは急いで玄関の扉を開ける。

すると、そこには黒尽《ず》くめの服を着て、大量の杖を背負う大男が佇《たたず》んでいた。

見たこともない男だ。誰だろうか。アーゼマ村の住人ではないことは分かる。

帽子から靴、身に纏《まと》うローブ。上から下まで真っ黒だ。

黒塗りされた背景に青白い顔が乗っているので正直魔物にしか見えない。

真黒の兜《かぶと》を被《かぶ》ったルーゴと初めて出会った時は怪しい人だなと疑ったものだが、この黒尽くめの男はまた異質な怪しさがあった。

「怪我をされているようですが、どうかされたんですかリリムさん」

リリムの頭に巻かれた包帯を見て、黒尽くめの男が不思議そうに尋ねてくる。それには一旦回答しないでおくことにする。今聞きたいことは、どうしてこちらの名を知っていることについてだ。

「わ、私の名前を知っているんですか？」

「……。ん、あ……いえいえ、アーゼマ村の薬師リリムという名は、王都では少しだけ有名ですからねぇ。あなたがもしやリリムさんなのではと思った次第ですぅ」

「は、はぁ。そうですか」

何かはぐらかすような言い方だった。リリムは直感する。こいつは不審者だと。

そう確信を持ったのは、この男が次の瞬間には自分が何者なのかを名乗りもせず、背負っている杖を一本取り出して怪しげな訪問販売を始めたからだ。

「この杖、買いませんか？」

「要らないです」

「なんとオリハルコン製なんですよぉ」

「要らないです」

オリハルコンを一体何だと思っているのか知らないが、ただでさえ辺境の田舎村に住む小娘だと舐《な》められ、度々怪しい訪問販売を受けてきたのだ。もうその手の常套句《じょうとうく》は聞き飽きている。

以前にも王都からやって来た悪質な訪問販売に、訳の分からない鍋を押し売りされた経験がリリムにはある。

オリハルコン製と謳《うた》われたその鍋は火に掛けたところヒビ割れた。

伝説の金属は弱火でことこと煮込むには向かないらしい。

リリムは表情に不快感を隠しもせずに杖を指差した。

「どうせその杖も弱火でことこと煮込めば割れるんじゃないですか？」

「あなた面白いこと言いますねぇ」

お前だけには言われたくないとリリムは思った。

「いや、あの、そもそもですよ？　訪ねて来たからにはまず最初に名乗るべきではありませんか？　それすらもせずに訪問販売だなんて、ちょっと失礼じゃないですか」

「これはこれはご無礼を。窓からちょろっと、机の上に魔導書が見えたものでしてねぇ。魔法の勉強をしているのかと」

「まあ確かに魔法の勉強はしてますけど」

「はい、だから名乗るよりも先に、魔法の補助具である杖をご紹介してしまいました」

頭をぺちんと叩いて黒尽くめが謝罪し、今度は杖のセールストークを始める。

何でも杖というのは魔法の初心者にはぜひ手に取って欲しいアイテムで、これがあればより簡単に魔力の制御が出来るようになるとのこと。

その全てをリリムは右から左へと聞き流して男に問うた。

「あなたは誰ですか？」

すると男の口がピタリと止まり、今までの態度とは真逆に丁寧な一礼を添えて名乗った。

「重ねて失礼。私、王盾魔術師の一員、ロポス・アルバトスと言います」

「王盾魔術師！　本当ですか!?」

なんてリリムが大げさに驚けば自称王盾魔術師の男は「本当ですぅ」と大層満足そうに頷《うなず》く。

——王盾魔術師。

それは国の王に直接仕える魔術師達の総称だ。

常識離れの卓越した魔法を操る天才魔術師達で構成され、その名の通りに王の盾となるのが彼らの役目であり、時として矛となって王に仇《あだ》なす敵を討つ。それが王盾魔術師だ。

有名所で言えば、賢者オルトラム・ハッシュバルの名がまず皆の口から出されるだろう。

彼はあのSランク冒険者ルークの師匠であり、パーティを共にした仲間なのだから。田舎娘のリリムでも王盾魔術師オルトラムの名は知っている。

この黒尽くめの男ロポスも同じく、王盾魔術師であると名乗った。そんな訳がないとリリムは眉を顰《ひそ》める。

国の王に仕える高給取りがどうして田舎で訪問販売をしているのだろうか。

それに王盾魔術師の制服とも言えるローブは白と緑を基調としているのだ。ロポスのローブは黒尽くめである。

ロポスの発言が嘘《うそ》であると確信しつつも、リリムは疑念を悟られまいと精一杯の笑みを浮かべて応対する。下手なことを言えば何をされるか分かったものではない。

「そんな凄《すご》い人だとは露知らず申し訳ありません。そんなあなたがこんな田舎で訪問販売だなんてする訳がないですよね！」

「んんっ？　ああ、まあそうですね」

「ささ、ご用件は何ですか？」

初めからリリムはロポスの言う言葉を信じてはいない。

そもそも王盾魔術師は公務の際にその身分を証明する為《ため》、常に徽章《きしよう》を持ち歩いている。それくらいリリムでも知っている。しかしロポスはそれを提示しない。それは何故なのだろうか。

決まっている。嘘偽りだからだ。

なのでリリムはさっさと用件を済まして帰って貰おう作戦に出た。

リリムはこれからルーゴの元に行かなくてはならないので、こんな怪しい男に付き合っている暇はないのである。

「私、実はルーゴさんという方に用事があってですねぇ、ご自宅まで伺ったのですが生憎《あいにく》留守ときたもんで。それでルーゴさんと仲が良いと聞いたあなたを先に訪ねたのです」

「そうですか、ルーゴさんは王都へ出掛けましたよ」

「おお、そうでしたか」

嘘である。ルーゴは王都へなど行っていない。きっと広場に居るだろう。

けれどもこの嘘は悪意があって吐《つ》いた訳ではない。

見るからに怪しいこのロポスがルーゴの元を訪れ、同じように訪問販売をしたとする。恐らくロポスはその場で消し炭にされるだろう。なのでリリムは善意で嘘を吐いたのだ。

流石《さすが》にルーゴはそこまでしないだろうが、この男は絶対にルーゴを困らせる。ただでさえ忙しいルーゴの元にこいつを送らせる訳にはいかない。

「ですので、今日のところはお帰りください」

「これはご親切にどうもぉ、どうぞお礼にこのオリハルコン製の杖を受け取ってくださいな」

「結構です」

「オリハルコン製ですよ」

「結構です」

申し訳ないがきっぱり杖は要らないと断れば、ロポスは僅かに表情を引き攣《つ》らせながら、帽子を胸に当てて丁寧に一礼した。

「貴重なお時間をどうも、では失礼致しますぅ」

そして踵《きびす》を返して村の出口へと足を向けた。

「はぁ、やっと行ってくれましたね」

リリムは玄関の扉を閉めてほっと胸を撫《な》で下ろす。正直怖くて堪《たま》らなかった。

なにせ青白い顔をした黒尽くめの男を玄関だけとは言え、診療所の中に入れてしまったのだから。

それに身分も偽っているときた。王盾魔術師を名乗るなら徽章ぐらい見せて欲しいもんである。

とりあえず怪しい男はどこかに消えてくれたので一件落着だ。

さて、今度こそルーゴの元に向かうとしよう。と、リリムが玄関を開けようとした時。

――コンコン。

目の前で扉がノックされた。

ロポスめ、また来たか。今度は何の用だ。

リリムは目を鋭く尖《とが》らせて扉を開けた。

「ロポスさん、失礼ですが私は忙し――」

「お久しぶりです、リリム様」

玄関の扉を勢い良く開け放ったリリムの視線の先。そこにはアラト聖教会での一件以来、すっかりリリムにとってトラウマになってしまった聖騎士が立っていた。

嫌な汗がどっと噴き出たリリムはほとんど反射的に扉を閉めてしまう。

「なに……なんでッ、どうして聖騎士がここに？」

またロポスかと勘違いしてリリムは思わず扉を開けてしまったが、まさかアラト聖教会の聖騎士がこの診療所へ訪ねて来るとは思ってもいなかった。

咄嗟《とっさ》に玄関を閉めてしまったので、この次はどうしようと色々考えを頭に巡らせていれば、背後の扉がけたたましく叩かれる。

「リリム様……リリム様ッ！　どうかされましたか！」

どうやら扉の外に居る聖騎士の方はこちらのことを知っているようだが、リリムはまるで寒心するようなこの声に聞き覚えはない。

だが、先ほど扉を開けた際に一瞬だけ見えた聖騎士のその顔、それには見覚えがあった。

それは以前、リリムの診療所に聖女リーシャが訪ねて来た時、その聖騎士はリーシャの護衛として一緒に来ていた。

聖域リディルナの一件でも、逃げ延びようとしたリリムとティーミアの行く手に立ち塞がった聖騎士達の中に彼女の姿もあった。

だからリリムは顔を覚えている。名前は何と言っただろうか。

「くそッ！　既に敵の手が及んでいたか！　リリム様、申し訳ありませんが押し通ります！」

扉の向こうからカチャリと鞘《さや》から剣が抜かれる音がした。

待って待って待って、とリリムは玄関の扉に手を掛ける。

あの聖騎士は一体何をそう焦っているのか。今にも扉がぶっ壊されそうな気配がしてくるので、リリムは大慌てで扉を開け放つ。

「リズさん！　ちょっと待ってください！」

「おお、リリム様！　ご無事でしたか！」

そう言って、酷《ひど》く安堵《あんど》した様子の聖騎士が剣を鞘に納めた。

リリムはこの女性を知っている。以前、リーシャがその名を口にしていた。

リズ。確かそう呼ばれていた筈《はず》だ。


黒尽くめのロポスに続いてリリムの診療所を訪ねて来た聖騎士。

自身をリズ・オルクと名乗った彼女はどうやら、リリムとルーゴに危険を知らせる為にアーゼマ村へと訪ねて来たようだ。

リリムがリズの姿に脅《おび》えて玄関の扉を閉め際、扉を破壊してでも強引に押し入ろうとしたのはその為とのこと。

既にリリムの身に危険が迫っているのではと勘違いしたらしい。迷惑極まりない。

そういえば『敵の手が』なんて言っていたなとリリムは五分前の出来事を思い出した。

リズは敵だなんだと言うが、はっきり言ってリリムの敵は聖女リーシャである。

その関係者、リーシャ専属の聖騎士のリズもそこに含まれるのだ。

理由は明確、命を狙われたから。

「その件に関しては本当に申し訳ございませんでした。聖女リーシャに代わって私、リズ・オルクが深く謝罪致します」

それ故にリズは騎士としてのプライドも捨てて深々と頭を下げるのだろう。

リズが『リーシャに代わって』と言うからには、リーシャはあの件を反省しているのだろうか。

魔物であるということを隠していた側が、とやかく言える立場にないことはリリムも理解してはいるが、ひとまず謝罪は受け取ることにした。

「わ、分かりましたから、そんなことしないでください。リズさんが私に今こうして剣を向けてこない時点で、もう敵意はないんだなって伝わってますから」

「とても寛大な心遣い……痛み入ります」

リリムがやめてくれと頼めばリズは申し訳なさそうに顔を上げる。

誠意は既に伝わっている。こちらに対して二度と剣は向けないだろうと思えるくらいには。少なくとも、身分のはっきりしているリズが聖騎士の肩書を口にして謝罪しているのだ、先ほど診療所に来た黒尽くめの男よりかは信用出来るだろう。

「ささ、リズさん、どうぞ座ってください。何かお話があるんですよね？」

「ありがとうございます。では、お言葉に甘えさせて貰いますね」

リリムは診療所の客間にリズを通すことにした。

「リリム様、この惨状は一体どうされたのですか。杖を突いているのと、頭に包帯を巻いていることに何か関係が？　私で良ければ相談に乗りますが……」

「いえ、気にしないでください」

居間へと通すとリズの表情が一変した。

ぐちゃぐちゃになった部屋の惨状を見て思うところがあるのだろう。

まさか自分が大暴れした所為でこうなりましたとは言えないので、リリムは何も見なかったことにしてくれといった視線を送れば、察したリズはそれ以上追及してくることはなかった。

「リリムさん、そいつ誰っすか」

「あ、おはようございますペーシャちゃん、この方はアラト聖教会の聖騎士のリズさんです」

「へぇ、聖騎士」

先ほどリズが玄関前で大騒ぎしたせいか、ペーシャは目を覚ましてしまったようだ。

目を擦《こす》りながら眠たそうに居間に入って来たのだが、リリムが聖騎士と口にすると目を鋭くして臨戦態勢に入った。

「ちょ、ペーシャちゃん？　どうかしましたか？」

「聖騎士……前に言っていたリーシャとかいう奴の仲間っすよね。じゃあリリムさんの敵じゃないっすかこいつ。どうしてこのタイミングで診療所に。怪しいっす」

「だ、大丈夫ですよペーシャちゃん！　リズさんに敵意はないですから！」

教会でリリムの身に何が起きたかを知らされていたペーシャは、腕に得意の風魔法を纏わせて即応の体勢をとっていた。

「リズって言いまっしたか？　腰の剣を私に預けてくれないすかね。確かに敵意はないみたいっすけど、一応刃物はリリムさんに近付けないで欲しいでっす」

ペーシャはリリムを気遣ってそう言ってくれている。

けれどもリリムはペーシャに風魔法を解くようにお願いした。リズは確かに以前こちらに剣を向けて来たが、それはリーシャの命令あってのことだ。きっと今はもう向けてこないだろう。

それを伝えてもペーシャは首を縦には振らなかった。

「駄目っす。この人、いやこの人達は一度、リリムさんに危害を加えようとしたんすよね。私はこのリズっていう聖騎士が信用出来ないっす。さあ、その剣をこちらに渡してくださいっす」

「ぺ、ペーシャちゃん……」

普段のペーシャからは考えられない強気な姿勢とその目にリリムは思わず息を飲む。

今まで一緒に暮らしていて感覚が麻痺《まひ》していたが、シルフはCランク冒険者が歯が立たないほどの実力を持っているのだ。今のペーシャにはその気迫が感じられる。

お前は信用に足りないから剣を渡せ。再度、そう言われたリズは頷き、ペーシャの言う通りに腰にあった剣を外してペーシャに手渡した。

「あれ、意外と素直っすね。もっと渋るかと思いまっしたが」

「そうですね、私としましても剣を渡すことで納得して頂けるのでしたら、それを拒む理由がございません。せめてもの誠意として受け取ってください」

リズが大人しく剣を渡すとペーシャも腕の風魔法を解いた。

ペーシャが納得したことでやっとこさ場が整う。リリムはリズへソファに腰を下ろすように促して、先ほど彼女が口にした『敵の手が』どうのという物騒な話の詳細を伺う。

「リズさんは今、隣のマオス大森林に竜が現れたかも知れないって話は聞いてますか？」

「ええ、関所でシルフの方にそういった話を聞きました。驚きましたよ、まさか竜が現れるだなんて。まるで要塞のような壁を造ったようですが、果たして竜相手に効果があるのかどうか」

「そうですね。壁に関しては私もそう思います」

あの【魔法障壁】は翼を持つ竜相手に効果は薄いだろう。リズもそう思うらしい。

「それで、リズさんは『敵』と言ってましたけど、それって竜のことなんです？」

「いえ、こちらは私の推測になるのですが、私の言う敵とは竜には当て嵌《は》まらないかと。私がこうして危険を知らせに来たのはリリムさんとルーゴ様、そしてあと一人、ティーミア様の三人にだけ。

竜がもしこの村で暴れたのなら、その被害はお二人だけには留《とど》まらない筈です」

国すら亡《ほろ》ぼす竜が現れたのなら、アーゼマ村全体が危険に晒《さら》される。村の住人全員が危険だ。だが、リズはこのタイミングでリリムとルーゴ、そしてティーミアの三人に危険を伝えに来たという。

彼女の言っていることは、アーゼマ村が今晒されている状況にはそぐわない。

竜が特定の人物だけを狙う魔物なのだとしたら話は別だが。

「リズさん、ちょっとだけ気になることがあるのですが話しても良いですか?」

「大丈夫です」

「実は私が頭に巻いている包帯のことについてなんですけど」

「ええ、ずっと気になっていたのですが、一体どうしたのですか?」

「詳しいことは自分自身でもあまり覚えていないのですが、どうやらどこかで催眠薬を盛られてしまったようで、この部屋で大暴れしちゃったみたいなんです」

「……なるほど」

大暴れして自分が大怪我しているのだから、こんな話をすればてっきり笑われてしまうかと思ったが、リズは表情を乱すこともなく真剣にこちらの話を聞いてくれていた。

「それで部屋がこんな惨状になっていると。大変でしたね。しかし、薬を盛った人物とは一体」

竜の危険が村全体に及ぶものなら、催眠薬については明確にリリム個人への攻撃だ。リズの言った『敵の手』の話はこちらに当て嵌まるものに違いない。

ただでさえ竜の件で騒がしいこの状況で、薬を盛ってくる危険人物まで居るとは頭が痛くなってくる。今は暴れた所為で全身も痛いが。

「リリムさんは催眠薬を盛った人物に心当たりはありますか？」

「それがないから困ってるんですよ」

「そうですか。犯人はまだ特定出来る段階にはないと。リリム様、くれぐれも用心してください。実は今朝、リーシャ様に女神様から二つのお告げが降りたのです」

大方、それは予想出来ていた。

アラト聖教会には女神からお告げを授かることの出来る『聖女』が居る。その一人であるリーシャ専属の聖騎士であるリズがこうして危険を知らせて来たのだ、きっと何かお告げに関するものに違いないとリリムは思っていた。

「リーシャ様は現在、ルーゴ様からアーゼマ村に近付くことを禁じられていますので、こうして私がお告げの内容を知らせに使者として参りました」

「ルーゴさんが……そうだったんですか」

「はい、恥ずかしながら。教会での一件以降、私はルーゴ様と手紙のやり取りをしていまして、そこで色々と話し合いをさせて貰いました」

リズが申し訳なさそうに頷く。

リーシャが村に近付くことを禁止されている話も気になるが、リリムがお告げの内容を尋ねるとリズは指を二本立ててお告げの詳細を簡潔に口にした。

一つ目、アーゼマ村に住む知人に危険が迫っている。

リーシャに降りたお告げに記された知人、それはルーゴとリリム、そしてティーミアのことを指すとリズは言った。教会での一件で互いに見知った仲なのはこの三人しか居ない。

二つ目、アーゼマ村で戦いが起きる。その結果、死人が出る。

そのお告げは読んで字の如《ごと》くだとリズは言った。

「死人が出るって、まさかそんな……」

お告げの内容を聞いたリリムは口元に手を当てた。

戦いが何を指すのかは知れないが結果として死人が出るというのなら、それはまさしく命の奪い合いを予知したお告げなのだろう。

危険が迫っていると言われたのはルーゴ、リリム、ティーミアの三人。アーゼマ村は今のところ竜が現れることもなく平和だが、そんなお告げを聞いたら他人事《ひとごと》ではいられない。

「り、リリムさん、大丈夫っすか?」

「すみませんペーシャちゃん、ちょっと衝撃的だったので」

背後のペーシャが心配そうにリリムの顔を覗《のぞ》き込んだ。後ろから見ていてもリリムの様子は普通ではないとペーシャは思ったのだろう。

ひとまず心配は要らないと伝えてリリムは考え込む。

リズの説明では先ほどの三人に危険が迫っているとあった。その上で女神が『アーゼマ村で死人が出る』とお告げを下したと。この二つは決して無関係ではない筈だ。

「リズさん、どうしてこのお告げを私に？」

考えたところで答えは出ない。

これはリリムがどうこう出来る問題ではない。リズもそれは承知だろう。

だからリリムはどうして自分にこの話をしたのかと問う。

「私としましてもこれを真っ先に報告すべきはルーゴ様、そしてアーゼマ村の村長様であると考えたのですが、どちらもご自宅には不在のようでしたので。診療所を開いているリリム様ならご在宅かと思い、先にこちらへ足を運ばせて貰いました」

「なるほど、そうだったんですね」

ルーゴは【魔法障壁】やゴーレム作りにきっと忙しい筈なので自宅に出向いても不在は当然。

しかし、それはどうでもいい。

そもそもだ。どうして一度命を狙った相手を心配するようにして、リーシャはわざわざ使者まで寄越《よこ》してお告げを、危険を伝えようとしたのだろうか。それが全く分からない。

リズからは確かに敵意は感じられない。だが完全に信用出来るかと言われればそうではない。リーシャに降りた死人が出るというお告げの真偽はさておき、この問題はやはりリリムが抱えるには荷が大き過ぎる。

「リズさん、ひとまずルーゴさんの所でお話の続きをしませんか？」

「そうですね、その方が良いでしょう」

ルーゴを交えて話し合いをした方が良い、そう判断したリリムはリズの同意を得て席を立つ。

伴って椅子から腰を上げたリズはふと何かに気付いたようで、不思議そうな顔をして机の上に置いてあった魔導書を手に取る。

それはリリムが魔法の勉強をする際に読んでいた魔導書だ。

ペーシャが風魔法でリリムを吹っ飛ばしたお陰で、部屋の中はぐっちゃぐちゃになってしまったが、机とその上にあったこの魔導書だけは無事だった。

「リリム様、これをどこで手に入れたのですか？」

「別に特別な物ではないですよ、魔法について知りたいと思ったので村長から譲って貰ったんです」

「村長様から、そうですか。では特に怪しい物ではないのですね？」

「は、はい」

何か気になることでもあったのだろうか、そう尋ねるとリズは目を細めて本の表紙を指でなぞる。

「この魔導書に『魔紋』が刻まれているのですが、何か心当たりは？」

「魔紋？　なんですかそれは」

見たところ魔導書には何の変哲もない。表紙の表裏、背表紙にも特に変わった点はない。

「魔力を用いたマーキングのような物で、目には見えない物です。例えればリーシャ様が得意とする転送魔法ですね、あれは刻まれた魔紋と魔紋を繋《つな》いで人や物を転送する魔法です」

「だとすれば、魔導書にどうして魔紋なんて物が付いてるんでしょうか？　私には全く心当たりがないのですが」

「何か心当たりはないのですか？」

「全然ないです」

リズが手にする魔導書にはリリム以外に誰も触れていない。

ペーシャも自分は触っていないと首を振っていた。

リリムは魔法の勉強が終わればすぐに魔導書を戸棚に戻しているので、診療所を訪れる患者でも触れる機会は限りなく少ないだろう。

「なるほど、薬を盛った犯人に続き、こちらにも心当たりがないと。それは不思議ですね、魔力を見る限り魔紋が刻まれたのは最近のようですが。村長様から譲り受けたとのことですので、購入した際に仕掛けられたとは考えにくい」

「仕掛けられたって、魔紋って罠《わな》に使ったりする物なんですか」

まるで誰かがリリムに狙っているかのような言い方にリリムは魔導書から一歩身を引いた。

「確かにそういった使い方も出来ますが、これは術者が近くに居る、かつ発動は目視で行わなければならないので、今は大丈夫です――」

怯《おび》えるリリムにリズが断言した瞬間だった。

——ポン。という軽い音と共にリズの体が煙に包まれ、杖に変化した。

「は、はぁ？」

リズが杖に変化した。

一部始終を見ていたペーシャの口から呆《あっ》気《け》にとられた声が漏れる。

それと同時に、杖と魔導書が床に落下した。

「な、何が起きたんすかね？」

それはリリムにも分からない。大丈夫だと言った直後にリズの体が、今目の前で床に転がっている杖に変化したのだ。確かなのは明らかに何かの干渉を受けていたことだけ。

その原因となったのは恐らくリズの言っていた魔紋だろう。

「ペーシャちゃん、急いでルーゴさんの所へ行きましょう」

「こ、この人はどうするんすか？」

「一旦、ここに置いていきます。触れれば何が起きるか分からない」

魔紋が刻まれていたという魔導書にも杖にも触れてはいけない気がした。

そう思ったのはリズが変化して出来た杖が、王盾魔術師を自称していたロポスが大量に背負っていた杖と酷似していたからだった。

リズ以外に今日、診療所を訪れた者はただ一人。魔紋を使って罠を仕掛けることが出来るのはあの黒尽くめの男しかリリムは思いつかなかった。

断定は出来ない。色々と疑問が尽きず現状に何の理解も及ばないが、リリムには一つだけ確信出来ることがあった。

攻撃されている。

魔紋に関する知識などリリムは持っていない。

しかし、それが危険な物であることはリズの説明から理解出来た。

すぐにここから離れなければならないとリリムは判断し、ペーシャの手を強引に掴《つか》んだ。

「ペーシャちゃん、広場へ行きますよ。いつもならルーゴさんはそこに居る筈《はず》なので」

「それは分かりまっしたけど、診療所はどうするんでっすか？　誰かが残ってないと……」

「何を言ってるんですか、この状況であなたを一人にする訳にはいきません」

手を引いてリリムは診療所を飛び出した。

ペーシャは魔法を使えるのである程度は戦えるだろう。だが、リズを杖《つえ》に変えた者も恐らく魔法を使えるに違いない。人を杖に変えてしまうなんてそれこそ魔法だろう。

今、急ぐべきはルーゴの居る広場へ向かうこと。

そこに行けばひとまず危機は脱せるだろう。

「ぐぅ……痛っ」

「ちょ、怪我《けが》をしてるのに無理するから！　ほらほら掴まってくださいでっす！　人一人くらいなら羽で飛べまっすので！」

「あ、ありがとうございます、ペーシャちゃん」

「杖を忘れないでくださいっす！」


診療所から逃げ出したリリム達《たち》は無事広場に辿《たど》り着いた。

やはりルーゴはここに居たようだ。リリムはペーシャに引っ張られながらようやくルーゴの元を目指していると、こちらに気付いたルーゴが駆け寄って来た。

「り、リリム！　その怪我はどうしたんだ！」

頭に巻いた包帯と手にしている杖を見て、ルーゴが酷《ひど》く心配していた。

端から見れば身動きも出来ないほど重症を負ったリリムがペーシャに運ばれているように見えるだろうが、杖を突けば普通に歩けるくらいの怪我なので、リリムは手を横に振って怪我の心配は要らないと伝える。

「この怪我は大丈夫なんですルーゴさん。それよりも大変なことが起きましてですね」

「これよりも大変なことがあるか！　全身に怪我を負っているじゃないか！」

怪我の具合を確かめたルーゴが何やらペーシャと視線を合わせている。そちらの方も若干気になってしまうが、リリムはルーゴに話を聞いてくれと頼んだ。

「いえ、本当に大丈夫です。ペーシャちゃんが看病してくれたので。それよりも聞いてください、リズさんが診療所に来たんですよ。私とルーゴさんと、あとティーミアに危険が迫ってると伝えに」

「危険だと？　それはお前の怪我と何か関係があるのか？」

関係があるかどうかはまだ定かではないが、無関係であるともまだ言い切ることは出来ない。頷《うなず》いたリリムは昨日から今日に掛けて診療所で起きた出来事を説明した。

どこかのタイミングで誰かに得体の知れない薬を盛られ、診療所でペーシャに襲い掛かってしまったこと。今の怪我はその時に負ってしまったものであること。盛られた薬を調べたところ、それが強力な催眠薬であったこと。

そして今日、アラト聖教会の聖騎士リズ・オルクが診療所に訪ねて来たこと。

リーシャに降りたという二つのお告げの詳細。

そして、

「リズさんがいきなり杖になっちゃったんです」

「なんだと？」

リリムの言葉をあまり理解出来なかったのか、ルーゴが首を傾《かし》げる。

「リリム、まだ催眠薬の症状が残っているのか？」

「大丈夫です、正気です」

リリムも自分が何を言っているのかあまり分からなかったが。

「私も咄嗟《とっさ》のことだったので色々と訳が分からなくて。その、リズさんが魔紋が刻まれてると言って、私の魔導書に触ったら杖になっちゃったんです」

リリムがしどろもどろに説明すると、ルーゴは確認を取るようにペーシャに視線を下ろした。リリムの説明で間違いないとペーシャはそれに頷く。

魔紋。魔導書。杖。それらの説明に加えてリリムは補足を入れる。

診療所にはリズよりも先に、王盾魔術師を自称するロポス・アルバトスという黒尽《ず》くめの男が訪ねてきていることを。

「なるほど、王盾魔術師か」

小さくそう呟《つぶや》いたルーゴは広場の中央で魔法の撃ち合いをしていた二人の少女を呼び付ける。名を呼ばれたのはエルとティーミアだ。

「ちょっとルーゴ、あたしは今エルとどっちが強いか腕試ししてたところなのに、一体何の用なのよ」

「エルは別に良いけど」

「あたしが良くないの！」

急に呼び出されたのでティーミアはエルの手を引きながらぷりぷりと頬を膨らませていた。そんな子供っぽい仕草を見せるティーミアにルーゴが腰を落として視線を合わせる。

「すまないティーミア、そしてエル。敵だ」

その一言でティーミアとエルの目付きが変わった。

「ティーミア、お前には他のシルフ達と連携して、村の住民達の安否確認を行って貰《もら》いたい。お前達シルフには羽があるからな、俺が闇雲に走り回るより余程効率が良い。頼めるか？」

「まあ、あんたのお願いならやぶさかじゃないけど。それで？　その敵とやらを見つけたら叩《たた》きのめしちゃって良いの？」

「交戦するな。ロポス・アルバトスという黒尽くめの男をもし見つけたら、俺が合図するまで様子を見ろ。そしてシルフ達に言い付けるんだ、絶対に魔法障壁から外に出るなとな」

そこまで指示を出したルーゴが「頼んだぞ」と告げれば、それを合図にしてティーミアはペーシャの手を引いて上空へと飛び上がった。

「さあ聞いたわねペーシャ！　行くわよ！」

「あいあい！　ルーゴさん、リリムさんを頼みまっしたよ！」

「エル、また後でね！　全部片付いたら今度こそ決着付けるわよ！」

羽に風を纏《まと》わせた二人のシルフが一気に空を駆け抜けていく。

その後ろ姿を『また後でね』と言われたエルは手を振って見送った。

「ルーゴさん、安否確認ってどういうことですか？」

「リリム、お前は言っていたな。ロポスが訪ねて来た後にリズが杖になってしまったと。そのロポスが大量の杖を背負っていたとな」

「は、はい。言いましたけど、それがどうかしたんですか？」

「ロポスが背負っていたという杖、それはリズのような元人間なのではないかと俺は考えている」

確かに。そう思ったリリムは悪寒に身を震わせた。

リズが変化した杖はロポスが背にしていた杖と酷似していた。ならばその杖も元人間の被害者なのではないかとルーゴは考えたらしい。もしこの推測が正しいとするなら、早急に必要なのはアーゼマ村の住民の安否確認だ。

そして、次にするべきことは、

「俺がロポスを捕まえる」

言ってルーゴが地面を蹴ると魔力の波が広がっていった。リリムは以前にこの魔法を見たことがある。確か【お掃除魔法】とルーゴが言っていた筈だ。

どうして今この状況で、とリリムは首を傾げた。

隣のエルも同じ疑問を頭に浮かべたらしい。

「ルーゴさん、これお掃除魔法だよ？」

「そうだな、だが全体に広がる波のような魔力は応用の幅が広い。エル、お前も魔人と呼ばれる魔術師なら固定観念にとらわれるなよ。魔法の世界は想像力だということを忘れるな」

指摘されたエルが考え込むようにして口元に手を当てる。そして答えを見つけたらしい。

「逆探知？」

「ああ、ロポスとやらが魔紋を扱えるレベルの魔術師なら、迫り来る魔力を警戒して必ず反応を示す筈だ。その正体が掃除の魔法だとしてもな」

魔力の波が広がってアーゼマ村全体に行き渡る頃、リリムには分からない何かを察知したルーゴとエルが同じ方向へ同時に顔を向けた。

「居たな、あそこか」

「随分と警戒してたんだね、たぶん防御魔法を使ったよ」

「生活魔法を相手にな。まるでいつ攻撃されても対応出来るように構えていたみたいじゃないか」

鼻で笑ったルーゴが隣のエルの頭にポンと手の平を乗せた。

「今から軽く攻撃する。エル、俺の魔法に合わせろ」

「分かった。エル、頑張ります」

顔を向けた同方向にルーゴが手の平を向けると、空中に出現した縄が射出された。勢い良く伸びて行く縄は、まるで生き物のように障害物を避けながら進んで行く。

この魔法もリリムは見たことがある。以前、マオス大森林で見せて貰った【捕縛魔法】だ。エルも同じくこの魔法でドラゴンモドキを捕獲していた。

やがて手応えを感じたのかルーゴが縄を掴むと、隣のエルがあろうことか縄に向かって杖から電撃を放ち始めた。

「うわぁ！　か、雷!?」

「リリム、危ないから離れていろ」

唐突に放たれた電撃にリリムは素っ頓狂な声をあげた。そんなリリムの悲鳴をかき消すスパーク音が空中にバチバチと青白い稲光を瞬かせる。

リリムは容赦のないその電撃に表情を引き攣《つ》らせながら一歩後退《あとずさ》った。今あの二人に近付くのは危険過ぎる。広場で魔法の練習をしていた冒険者達も何事だと騒いでいた。

エルが放った電撃は縄を伝って捕縛された者を感電させていることだろう。縄を掴んでいるルーゴが感電していないのがリリムには理解出来ないが、リリムは捕縛魔法で捕らえられただろうロポスに少し同情した。

「エル、俺は魔法耐性があるから平気だがやり過ぎだぞ。これで相手が死んだらどうするつもりだ。少し痺《しび》れさせるだけでいい」

「え、あ……ごめんね？　敵って言うからつい」

謝罪したエルが放電を止めた。その横でルーゴが嘆息しながら縄を引いていくと、黒い煙を上げる黒尽くめの男が引き摺《ず》り出される。ロポスだ。

「ぐおぉぉぉ……き、貴様らッ！　突然何なんだ！　私を誰だと思っている……ッ！　私は王盾魔術師ロポス・アルバトスだぞ！」

「ならば徽章《きしょう》を見せてみろ」

「ぐッ……！」

ルーゴに指摘されたロポスが黒こげの顔面を引き攣らせた。

その様子にリリムもこりゃ持ってないなと確信する。

「王盾魔術師を詐称すれば重罪だぞロポス。それにお前が身に纏う魔力は邪悪が過ぎる。お前は何者なのか答えて貰おうか」

「こ、このど腐れ野郎め！」

更なる詰問にロポスは狼狽《ろうばい》した様子でルーゴに手の平を向けた。放たれたのは炎の砲弾だ。だが、魔法はルーゴには届かない。隣のエルがそれを許さず。杖先から放たれた突風が蠟燭《ろうそく》を吹き消すように鎮火させた。

「そんな馬鹿な……」

「残念だったな。この子はAランク冒険者だ、そこらの小悪党なら太刀打ちすら許されないぞ。さて、もう一度聞こうか。お前は何者だ」

ルーゴが手に力を込めると呼応して縄がロポスへの締め付けを強める。先ほど魔法を放った腕すらも縛り取られ、今度こそ抵抗は出来なくなった。

後方でルーゴとエルを見守っていたリリムは、二人の様子を見て心配は要らないなと安堵《あんど》する。やはり広場に来て正解だった。ルーゴに任せれば何が起きても安心だ。

シルフの巣でもそうだった。ルーゴを前にすると脅威が脅威でなくなってしまうのだ。

それに今日のアーゼマ村には英雄ルークのパーティメンバーであったエル・クレアも居る。そこに加えて異常な剣の腕前を持ったガラムや冒険者達も居るのだ。

リーシャに降りたという二つのお告げ。

あれは間違いだった。アーゼマ村で死人など出ない。ルーゴに危険など有り得ない。

女神のお告げも絶対ではない筈だ。今のリリムならそう思えた。


「んで、ルーゴの旦那、こいつは一体何なんだ？」

「さあな、だから尋問している」

ルーゴとエルの手によって捕らえられたロポスは岩に縄で縛り付けられていた。その周囲を広場にいたガラムやフレイル、そしてセシリア達冒険者が武器を構えて取り囲んでいる。ロポスとしては絶望的な状況に違いない。

アーゼマ村の広場に集まっているのはギルドの中でも低ランクの者ばかりだが、彼らはルーゴの指南によって魔法を習得している。下手な抵抗は却《かえ》って火傷《やけど》を招くだろう。

「ロポス、お前はどんな目的を持ってアーゼマ村に来た」

「こ、答える必要はありませんねぇ」

「後ろめたいことでもあるのか？　なんにせよ、お前は先ほど王盾魔術師を詐称したな。王都の兵に突き出せば極刑は免れないだろう」

「ふ、ふふ。そうしたければどうぞお構いなくぅ」

ロポスは捕らえられた時とは打って変わって冷静な様子を見せている。どれだけ脅しをかけても頑《かたく》なに自身の正体、そしてアーゼマ村に来た目的を答えようとしない。

ルーゴは呆《あき》れた様子で肩を竦《すく》めた。

「駄目だな、全く話にならん。リリム、お前から見てどうだ、ロポスについて何か気付いたことはないか？　些細《ささい》なことでも良い」

「いえ、私には何も……」

リリムは一度ロポスの姿を目にしているが、何か気付いたことはあるかと聞かれても返答に困ってしまう。強いて言えば、黒尽くめの男が電撃を浴びた所為《せい》で顔まで黒尽くめになったことだけだ。

「あ、ルーゴさん、ちょっといいですか？」

「どうした、何か分かったか」

ロポスの姿をまじまじと観察していたリリムが遅れて気付く。

「そういえば、ロポスが杖を持っていないんですよ。あんなにいっぱい持ってたのに。もしかして縄で引き摺った時に落としちゃったんですかね？」

「いや、そんな感触はなかったな。そうか……俺としたことが見落としていた」

そういうことか、とルーゴが小さく呟いてロポスへと向き直る。

ルーゴは何かに気付いた様子だが、リリムには見当も付かない。ロポスが杖を持つ持たないで何かが変わるのだろうかとリリムは様子を窺《うかが》う。

「ロポス、お前に一つ聞きたいことがある」

「はぁい、何でしょうか」

「お前さては本体ではないな？」

今、相対しているロポスは本体ではない。そう確信しているかのようなルーゴの問い掛けに、ロポスはさも正解だと言いた気に妖しい笑みを浮かべた。

「ルーゴ先生、本体じゃないってどういうことっスか？」

ロポスが良からぬ気を起こさないように炎の弓を向けていたフレイルが不思議そうに首を傾げた。

真逆にガラムは「なるほどな」と頷いてみせる。

「俺は聞いたことあるぜ、自分の分身を作り出せるとんでもねぇ高等魔法があるってな。こいつが妙に落ち着いてんのも、本体じゃねぇってんなら頷ける」

「ふ、ふふ、それに気が付いた所でどうするんですぅ？　あなた達には私が何を目的としてこの村に来たのかも分からないのに。それに私の本体を捜し出せますかぁ？　既にこの村には私の分身が大量に居るんですよぉ。ふふふ」

語尾の伸びた口調で不敵に笑うロポスに、ガラムは舌打ちして剣の柄《つか》に手を掛けた。

「っは、時間の無駄だね、こりゃどうも」

ガラムが剣を引き抜く。

何をするつもりなのかとリリムが目を見開くと、ガラムが剣を振り抜いてロポスの首を切り落とした。思わずリリムは目を背けてしまった。

「が、ガラムさん、何もそこまでする必要は……」

「何言ってんだリリム。よく見ろ、こいつは偽物だ」

ガラムが指先で示したロポスの死体から黒い煙のような物が発生している。首を切断されたにも関わらず、傷口からは一切血が出ていなかった。偽物。つまりそういうことなのだろう。

ガラムはこの場に居た他の冒険者に向き直り、剣を空に向かって高々と掲げた。

「野郎共、仕事だ！　アーゼマ村に危険が迫ってる！　ロポスとかいう男の本体を見つけろ！　今こそルーゴの旦那に鍛えられた腕を発揮する時だぜ！」

ガラムが声大きく叫べば冒険者達は一斉に声を振り立てた。皆、どうやら腕試しの機会が欲しかったらしい。

ある者が腕を振るえば地面から生えた黒い触手が冒険者を囲い込み、またある者は全身を発光させて意気揚々と広場から抜けて行った。

フレイルは【火炎魔法】で炎の弓を出し、セシリアは既に作り出していたゴーレムの背に乗ってロポスの討伐に動き出す。

「よっしゃあああ！　あのシルフのがきんちょで溜《た》まった鬱憤を晴らしたるぜえええええ！」

中には物騒なことを叫んでいる冒険者も居たが、そんな彼らの背を見送ったルーゴは満足そうに頷いていた。

「頼もしい奴《やつ》らだな。魔法を教えた甲斐《かい》がある」

ルーゴが嬉《うれ》しそうに呟くと、杖を握りしめて他の冒険者達と同様に臨戦態勢のエルを呼び止める。

出鼻を挫《くじ》かれたような表情でエルがルーゴの元へと駆け寄って来た。

「なに、ルーゴさん。エルもロポス倒すよ？」

「お前には別のことを頼みたい。【投影魔法】だ、それを使って欲しい。確認したいことがある」

「……エルが【投影魔法】を使えるってよく知ってたね。教えた覚えはないけど」

「お前はありとあらゆる魔法を扱える『魔人』なのだろう？　使えるのなら出し惜しみはしないでくれ」

「別に良いけど……」

僅かに腑《ふ》に落ちないといった表情をしたエルが、コクリと頷いて手に持つ杖を地面に突き刺した。

続けて両手を合わせて魔力を込めれば杖先に水晶のような物が浮かんだ。

「ルーゴさん、これはどんな魔法なんですか？」

リリムがそう尋ねれば、ルーゴは魔法によって作り出された水晶を指で示した。指先を視線で追っていけば、ちょうどエルが魔法を完成させたようで水晶に何かが映し出される。

それはリリムの顔だった。思わずぎょっとすれば、水晶が映すリリムの顔もぎょっとした。

「エル、悪ふざけはやめろ」

「ごめんなさい、こうした方が分かりやすいかなって」

悪びれる様子もなく謝罪するエルが指を立てると青色の光子が渦巻き、やがて光子は無色透明の小鳥を指先に形作った。

この小鳥はどうやら『目』の役割を持っているらしく、小鳥の視界が杖先に浮かんでいる水晶に映し出されるらしい。それ故に『投影魔法』なのだとルーゴは説明した。これまた便利な魔法があるもんだとリリムは感心する。

「それで、この投影魔法で何を確認するんですか？」

「村の様子だ。エル、済まないが散った冒険者達を追って見せてくれ」

「はいはい、了解だよっと」

エルが小鳥をつつくと羽を広げて空高く飛んで行く。リリムが視線を水晶へと移せば、空を飛んでいる小鳥の目線がそこに映し出されていた。

「うわ、これが小鳥の目線なんですね」

魔法は空を飛びながら鳥観図のようにアーゼマ村全体を映し出している。ただ、投影先が水晶なのと、常に動いている為《ため》やや見辛《みづら》いのが難点だろうか。

「もう少し高度を下げてくれ」

ルーゴにそう頼まれたエルは両手を柔らかく合わせて念じると、小鳥は高度を下げてアーゼマ村の各地でロポスと対峙《たいじ》する冒険者達をその目で捉えていく。

どうやらロポスは本当に大量の分身を作り出しているようだった。だからあんなにも挑発的だったのだろう。本体を捜し出せるかと。

見た限りロポスの分身の数は十、二十を優に超えている。アーゼマ村は大丈夫なのだろうか、と
リリムは不安を胸に募らせるも、冒険者達と相対する分身達は見るも無残に次々とその姿を散らしていた。ルーゴの指南によって魔法を覚えた冒険者達は。リリムが思っている以上の実力を身に付けているようだ。

『こっちにも居たぞ！　杖を持っていない、偽物だ！』

『喰《く》らえバーニングショットッ！』

『ぐおあああああああああああああああああ！』

そこに映し出されたのはフレイルだった。

彼が手にしている燃え盛る弓を射れば、ロポスの胴体を易々《やすやす》と撃ち抜いた。射抜かれた矢は発火してロポスを炎上させる。悲鳴をあげて地面を転げまわるロポスの頭をトドメの矢が貫いた。

小鳥が目線を別方向へと向ければ、そこでは強い光を発する冒険者がロポスの目を潰していた。

『目がぁ！　目があああああああ！』

『やべぇ、立ってるだけで敵が倒れていく。俺最強か？』

その横ではセシリアが魔法で作った土人形の拳で、ロポスの分身達を次々と叩き潰していた。何

人かの分身が炎の魔法で応戦していたが、土人形の手が盾の役割を果たして全く効果がない。次の瞬間には分身達は潰されて地面の染みと化していた。

『はいはい次よ次！　ロポスを一匹見つけたら十匹は居るって思わないとね！』

ゴキブリかな？　外見も黒尽くめだし、とリリムは顔を顰《しか》める。

冒険者達の他にも、村中に居る無数のゴーレム達が次々にロポスの分身達を叩き潰している。頼もしいことこの上ないが、リリムの目には地獄絵図にしか見えない。あのゴーレム達が味方で本当に良かった。

「冒険者の皆さん、お強いですね。なんだかロポスが可哀想《かわいそう》に思えてきます」

「だね、ルーゴさんはあの人達に何を教えたの？　エルが覚えてるだけだと、あんなに強くはなかったと思います。それにすごい魔法も平然と使ってるし」

水晶を眺めるリリムが表情を引き攣らせる傍らでエルが同意する。どうやら気が合うらしい。

「俺は魔法の要領を手解《てほど》きしただけだ。各々が素質に準ずる才能を開花させただけ、俺はその切っ掛けに過ぎない」

確かにガラムは結局魔法を使えなかったことをリリムは思い出す。才能がなければいくらルーゴでもどうにもならないようだ。ただし、たった数日の鍛錬で剣撃を飛ばす異常成長を見せてくれたが。

「流石《さすが》は冒険者ですね、頼もしいです」

ルーゴが魔法を教えた冒険者達が強過ぎるのか、逆にロポスが弱過ぎるかリリムには判断出来ない。少なくともロポスに勝ち目はないように思える。今の状況は蹂躙《じゅうりん》という言葉が一番相応《ふさわ》しい。

だが、出来過ぎている。という違和感を覚えるのは間違いだろうか。

「ルーゴさん、ロポスはどうして分身なんて出しているんでしょうか」

「目的が聞き出せていないが、間違いなくアーゼマ村への攻撃が狙いだろうな」

「だとすれば、ちょっと弱過ぎではありませんか？」

水晶を眺めながら口にした疑念。

視線の先の水晶では、ガラムが剣撃を放ちながら次々にロポスの分身達を斬り刻む姿が映されている。彼は元々Bランク冒険者なので強いのは当然だ。

決してその他の冒険者達が弱いという訳ではないが、フレイルやセシリアのようなDランク冒険者までもが一方的にロポスを叩きのめしているこの状況はおかしいのではないか、とリリムは考えていた。

もちろん、この戦況は非常に好ましい。冒険者達が優勢なのは良いことだ。

それを踏まえた上でリリムは言う。

「何か別の目的が？　まるで冒険者を村の中に留《とど》めておきたいような……」

ほとんど独り言のようにぽつりと漏らせばルーゴがリリムの背をぽんと叩いた。

「そうだ、ロポスはどうやら冒険者達の注意を引き付け、彼らを村の中に留めておきたいようだな。

良い勘をしているぞリリム。お前は既に優れた薬師だが、優秀な魔術師になれる素質もあるみたいだな」

　リリムの推測に同調したルーゴが村の出口へと足を向ける。そして、腕を振り上げると村全体を囲う【魔法障壁】が灰色の光を放ち、空すらも覆う巨大な重力結界が展開された。

　ルーゴが重力魔法に長《た》けていることはリリムは知っていたが、まさかここまで大きな結界を作れるとは思わなかった。以前に見た重力結界とは比較にすらならない。

「重力の結界……エルの師匠のオルトラム様よりすごいかも」

　魔人と呼ばれるエルでさえ、口をポカンと開けて空を見上げていた。

「エル、お前は俺に付いて来い」

「う、うん。エルに出来ることなら何でもするよ。それで、何すれば良いのかな?」

「恐らくロポスの本体は村の外に居る。分身は冒険者達に任せて、俺達で本体を叩きに行くぞ。何か厄介なことをしでかす前にな」

「ルーゴさん!　私は、私にも何か出来ることはないですか?」

「リリム、お前は怪我人だ。ましてや冒険者でもなければ魔術師でもない、村の要である薬師だ。負傷者が出た時に備えて、自分の身を守ることに専念しろ。それがお前の役目だ」

　言い付けてルーゴが指を弾《はじ》けば、リリムの周囲に小さな重力結界が生じた。

「そこでティーミアの報告を待て。その結界はそこらの人間にも魔物にも破れない。だから安心して待っていろ」

すぐに戻る、そう言い残してルーゴは村の出口へと向かった。

「じゃ、エルも行ってくるね。ルーゴさんの援護を担当してきます」

エルも踵《きびす》を返してルーゴに付いていく。早足で駆けていく最中、エルが振り返った。

「すごく心配そうな顔してるから水晶をもう一個追加してあげるね」

エルが両手を合わせるとリリムの隣に杖が出現し、続けて魔力が込められた二個目の水晶を浮かび上がった。

「それでルーゴさんの様子を見せてあげるね。見えてれば不安もないでしょ？」

「は、はい。ありがとうございます」

まだ十三歳の女の子だというのに気配りも達者なエルにリリムは素直に感心する。

透明な小鳥を肩に乗せてルーゴの背を追うエルに頭を下げ、リリムは二個目の水晶に目を通した。

この投影魔法を通してルーゴの様子を見守ることが出来る。だが、リリムの不安が消えることはない。ルーゴの身を案じているのは確かにそうだが、リリムが一番不安に感じているのはむしろエルの方だ。

「……不思議な鳥」

投影魔法によって呼び出されたのは水晶ともう一つ、透明な鳥。エルの肩に乗るあの小鳥こそ、ルーゴがティーミアに探して欲しいと頼んでいた『不思議な鳥』なのではないだろうか。

そのルーゴが何も言わなかったのでリリムも特に何も言わなかったが、ルーゴは疑いを掛けているエルを村の外に連れ出した。まさか魔法障壁に阻まれた外界で差しの状況を作りたかったのではないだろうか。

「さ、流石に考え過ぎかな？」

邪推が過ぎるかも知れない。

リリムはエルが残した水晶に視線を戻した。

アーゼマ村の広場にただ一人残されたリリムは、エルが残した二つの投影魔法をじっと眺めていた。今はそれしか出来ることがないからだ。ルーゴからは自分の身を守ることが役目だと言われたが、戦う者達を見守ることしか出来ない自分を歯痒《はがゆ》く感じてしまう。

「皆さん大丈夫ですかね……」

所在ないといった様子でリリムがオロオロと見守っている水晶には、今もロポスの分身達と戦う冒険者達の姿が映し出されていた。

「あ……あっ。ガラムさん、右、右にも居ますよ……」

『オラァッ！　旦那直伝の剣術を喰らえッ！』

『ぎゃあああああああああああッ!?』

「やった！　倒した！」

自分が戦っている訳でもないのに、冒険者の身に危険が迫れば顔色を青くし、冒険者がロポスの分身を倒せば両手を上げて大喜びする。

リリムの視線はもう投影魔法に釘付《くぎづ》けだった。手に汗握る冒険者達の攻防から目が離せない。だからか背後から近づいて来る気配に気付かなかった。

「リリム、あんた何やってんの？」

「どわぁッ!?　ティーミア！」

突然、背後から声を掛けられたリリムが大げさにビクリと身を震わせた。相当集中していたらしい。まさか驚くとは思っていなかったティーミアも一緒になって身を跳ねさせた。

「ちょ、ちょっと脅かさないでよリリム」

「こっちのセリフですよ。あ、もしかして安否確認が終わったんですか？」

「そうよ、シルフの皆でぱぱっと終わらせちゃったんだから。っていうか、あんたその包帯は何？めちゃくちゃ怪我してるじゃない」

今頃気付いたのかティーミアはリリムの怪我を見て心配そうな顔をしていた。更にはリリムの隣に置いてあった杖を見て『だ、大丈夫？』と心底心配そうにこちらの顔を覗《のぞ》き込んでくる。

「ルーゴの奴、こんな状態のリリムを放っておいてどこに行ったのよ。エルの姿も見えないし」

「その私がルーゴさんに大丈夫って言ったんです。あ、ちなみにルーゴさんとエル様はあそこに居ますよ」

「うおっ。な、なにこれ？」

リリムが指を差し向ければ、興味深そうにティーミアが地面に突き刺さった杖に浮かぶ水晶に顔を向ける。どうやら投影魔法が気になる、という訳ではなく水晶に映し出されたルーゴの姿が気になるようだ。

「どうしてこの広場にルーゴが居なくて、この水晶の中にルーゴが居るのよ」

「水晶の中に居るんじゃなくて、エル様の【投影魔法】で村の外に居るルーゴさんをここに映しているんですよ」

「投影魔法？　ふ〜ん、せっかく報告に戻って来たのに、肝心のルーゴが居ないんじゃどうもないじゃない。まあ後はあたしで判断しろってことかも知んないけど」

僅かに不貞腐《ふてくさ》れた様子でティーミアが水晶に映されたルーゴに愚痴を溢《こぼ》す。

「それで、村の皆さんは無事でしたか？」

「ひとまず無事よ」

その報告にリリムはほっと胸を撫《な》で下ろす。しかしティーミアは「だけど」と続けた。

「村長と、あと数人が村のどこにも居ないの。リリムは村長の居場所知らない？」

「いえ、私には全く」

村長は足腰が弱っていて普段は何か特別な用事がないと滅多に出歩かない。そんな村長が今この状況で自宅どころか村にすら居ないとなれば、リズのように最悪を想定しなければならない。

だが、恐らくはその元凶であるロポスを倒しにルーゴとエルが直接出向いてくれている。

リズからは不吉なお告げを言い渡されていて少し不安ではあるが、きっと彼らなら大丈夫だろう。

「あたしはここであんたを守ることにするわ。この投影魔法ってので村の状況も見たいしね」

そう言ってティーミアはリリムの隣に腰を下ろした。

「私は怪我人ですけどルーゴさんの結界魔法で守られているので大丈夫ですよ。それよりティーミアは村中に居るロポスを少しでも減らした方が良いのでは？」

「そっちの方は大丈夫よ、この重力結界で村を覆ったってことは、あのゴキブリみたいにうじゃうじゃ居る奴らを一匹も逃がすなってことでしょ？　だからシルフの精鋭部隊には交戦指示を出したわ。残りの子達は住民の護衛ね」

余程ルーゴとエルのことが気になるのかティーミアは水晶から目を離さない。

リリムがもう一方の水晶を覗き込んでみれば、ティーミアの言う通りシルフ達が冒険者達に加わってロポスの分身に魔法を撃ち込んでいた。

ただでさえ冒険者側が優勢であった戦場にシルフが加わればもう安泰だろう。ロポス側に勝ち目はない。

「それにあたしがシルフの司令塔として広場に残った方が良いでしょ？　この投影魔法なら村の外と中の両方の様子を見られるみたいだしね。シルフ達には何かあったら広場に来るよう伝えてあるし」

ティーミアがこの場に残るという判断を下したのは、どうやらルーゴのことが気になるだけではないようだ。

ここで水晶を眺めていればすぐに状況が把握出来るのだ。

ティーミアは風を纏って羽を使えば、どこへでも瞬時に駆けつけられる。エルはそれも見通して投影魔法を置いていったのだろう。

ロポスが何を企《たくら》んでいたとしても、強力な加護を持った妖精王が自由に動ける。これはこちら側にとって大きなアドバンテージとなる。

だが、恐らくティーミアが出番を迎えることはないだろう。

村の外を映し出すもう一つの水晶。そこで戦闘を繰り広げるルーゴとエルに苦戦の様子はない。

『はぁッ！』

エルが杖を振るえば、岩石を交えた濁流が魔物を飲み込んでいく。そこに雷の魔法を叩き込めば、水を通っていく雷撃が魔物にトドメを刺していった。そんなエルと肩を並べるルーゴもまた、魔法を操って魔物達を粉砕していた。

投影魔法を通して村の外の様子を眺めるティーミアは、大量の魔物相手に一歩も引かずに善戦する二人の様子を見て訝《いぶか》しげに言った。

「ねぇリリム、何で村の外にこんなに魔物が居るの？」

ティーミアがそう疑問を抱くのは当然か。

アーゼマ村での生活が長いリリムから見ても、村の外でルーゴ達が交戦している魔物の数は異常に映る。

アーゼマ村のすぐ近くには魔物が棲《す》むマオス大森林が存在する。

時折、この森から出て来た魔物が村の近くに迷い込んでくるといったことは何度もあるが、今ルーゴとエルが相手にしているのは魔物は五十を超えている。マオス大森林から迷い込んで来たというには些《いささ》か数が多過ぎる。だからティーミアは不審に思うのだろう。

「あのロポスとかいう男、もしかして魔物を操れるの？」

「ま、まさか……そんなこと出来るんですか？」

「あたしだって知らないわよ。でも、村の中にはロポスの分身達、逆に村の外には魔物がいっぱい。とても偶然とは思えないでしょ」

確かに偶然とは思えないとリリムは考える。

先ほどリリムがロポスの行動に対し、まるで冒険者達を村の中に留めておきたいみたいだと予想した際、ルーゴはそれに同意していた。

そしてルーゴとエルが村の外に出れば、まるで迎え撃つように魔物の軍勢が立ちはだかったのだ。

『この状況で魔物の大群とはな。偶然にしては出来過ぎだな』

時を同じくして水晶の先で魔物と交戦するルーゴも、ティーミアと同様の違和感を感じ取ったようだ。

だが、魔物が大挙して押し寄せたところでそれに動じるルーゴではない。その隣で魔法を操るエルもだ。

リリムは固唾を飲んで二人の様子を見守る。

『エル、もう一度だ』

『了解しましたよっと』

掛け声に合わせてエルが魔物に向かって駆け出した。

――魔術師。

そのほとんどが魔法を用いた遠、中距離での戦闘を主としている。

しかし魔術師であるエルは魔物に急接近して肉薄する。

対する蜂形の魔物キラービーが臀部《でんぶ》の毒針を突き出すも、エルは身を回転させてそれを回避した。

振り向き様、体の回転に身を任せて杖を振り抜けば、直撃を受けたキラービーは粉砕されて肉片と体液を撒《ま》き散らかす。

マオス大森林で見せた体術と同様に、とても魔術師とは思えない身のこなしに水晶から様子を見ていたリリムは目を見開く。

ティーミアも「へぇ」と感嘆の吐息を漏らした。

攻勢はそれだけでは終わらない。

エルの一連の行動によって魔物達の注意が、たった今キラービーを易々と葬ってみせた少女へと向いた。二十以上は下らない狼《おおかみ》形の魔物――ウルフ達がエルへと群がる。

だが、ウルフ達が剝《む》いた牙は標的には決して届かない。ルーゴが放った炎の槍《やり》がそれを阻み、次々とウルフ達を焼き殺していったからだ。

群がった魔物を粗方片付けたと同時にルーゴが腕を引けば、重力魔法によってエルの体がルーゴの元へと引き戻される。

置き土産にとエルが空中で雷撃を放てば、なんとか炎から逃れられた魔物達に追い打ちを掛ける。中には雷撃すらも耐え抜いて飛び掛かってくる魔物も居たが、エルと入れ替わるように前に出たルーゴの拳がカウンターを放ち、直線状に居た魔物達を巻き込んでぶっ飛ばされる。

「す、すごいです。ルーゴさん、それにエル様……ッ」

言葉を介さずとも、まるで示し合わせたかのような二人の連携にリリムは息を飲むばかりだ。

やがて魔物が一匹残らず殲滅《せんめつ》されると、周囲を警戒するルーゴの背後にて、一息ついたエルが水晶を通してこちらにピースした。

『どうどう？　エルも強いでしょ？』

「すごいですよエル様！　流石はルーク様の元パーティメンバーですね！」

恐らくこちらの声はエルの方へは届かない。

それを分かっていてもリリムは思わず返事をしてしまう。

ルーゴが疑いを掛けていたエルを村の外に連れ出した時は、思わず良からぬ方向に邪推してしまったが、二人は協力して魔物を退けてくれたようでリリムも一安心だ。

『ルーク様が居なくなってから、死に物狂いで魔法の腕を鍛えたんだよ』

「偉いですねぇ、ルーク様もきっと喜んでますよ」

屈託のない笑みを浮かべてエルは杖を掲げた。思わずリリムも口角が緩んでしまう。

やはりルーゴがエルを警戒していたのは間違いだったのだ。

こんなに良い子が何をするというのだろうか。

『そしたらね、エルの師匠のオルトラム様に言われたんだ。お前のその力は国の為に使ってくれって。国の民の盾と矛になれって』

「そうだったんですね。流石オルトラム様、王国を第一に考えてくれているんですね」

エルが掲げた杖を持つ腕を下ろしていく。

『でもね、オルトラム様はエルに言ったの。より多くを救う為に、少数の犠牲を厭《いと》わない信念と覚悟を持たなければいけないって』

「……少数の犠牲？」

エルの杖に巨大な魔力が渦巻いていく。

水晶越しに見ているリリムにもそれは分かった。

『だからエルは、ロポスと一緒にアーゼマ村を襲撃することにしたんだ』

「え」

杖先が未《いま》だ周囲を警戒するルーゴの背に向けられる。

『騙《だま》してごめんね。妖精王様、それにリリムさん。ルーゴさん、ちょっと強過ぎて任務の邪魔だから、殺しちゃうね?』

杖に満ちた魔力が、ルーゴに向かって放たれた。

第11話 ごめんなさい

ロポス・アルバトスは『付与術士』である。

それは魔法を用いて他者に様々な恩恵を与える魔術師の総称であり、彼ら付与術士は戦闘をサポートする支援職としてあらゆる戦局で重宝される。

【身体強化の魔法】を施して他者を強化し【防御魔法】で敵の攻撃を払い除《の》けたりなど。しかし、ロポスは恩恵を振り撒《ま》く付与術士ではない。呪いを振り撒く付与術士であった。

【痛覚遮断の魔法】の魔法で恐れを払い、【高揚魔法】で戦闘への意欲を無理やり向上させ、【感情操作の魔法】で罪悪感を取り除く。

それらに加えて【変化の魔法】で人を強制的に別物質へと変化させたり、【人形魔法】で魔物を傀儡《かいらい》のように操り、自身に直接【分身魔法】を付与したりなどと、彼はとても支援職とは言い難い魔術師であった。

そんなロポスだからこそ命令が下されたのだ。

「ロポス、お前は極めて優秀な魔術師だ。よって、お前にはこれより次の任務を言い渡す。アーゼマ村の住民を全員、この城に招待しろ。邪魔者は殺して構わん」

「はぁいオルトラム様、なんなりと。しかし一人でですか？　私、付与術士なんですけどぉ」

「今回もワシの弟子を一人貸し出してやろう。エル・クレアだ。壊れても構わん、好きに使え」

「おお、あのAランクを……！」

と、ロポスにはAランク冒険者であるエル・クレアが与えられた。彼女は『魔人の加護』と呼ばれる力を使い、絶大な魔力を操って強大な魔法を扱うことが出来るのだ。

この武器を壊れるまで好きに使っても良いと。

ロポスは笑みがこぼれて止まらなかった。


そして、エル・クレアは非常に優秀な成績を修めてくれた。

人形魔法で操った大量の魔物を相手に、全く動じる様子もなく殲滅《せんめつ》してみせたアーゼマ村の用心棒ルーゴを、エルはその強大な魔法で消し飛ばしてくれたのだ。

エルがルーゴを仕留めたのはマオス大森林のすぐ近く。放たれた魔法の威力は凄《すさ》まじく、見渡す限り木々は一本として存在しない。エルの魔法がルーゴごと周辺を呑《の》み込んだのだ。跡形もないとはまさにこの光景のことを言うのだろう。

流石《さすが》は『魔人の加護』だとロポスはほくそ笑む。

この加護の能力は至ってシンプルで、所持者に絶大な魔力を与えるというもの。

この力を使ってエルは文字通り『魔人』と化し、使用した魔法の威力は周辺の景色を一変させる。程度によっては地図の書き換えが必要になるほどの威力だ。

今回もエルの魔法はマオス大森林を大幅に抉《えぐ》る威力を見せてくれた。

同じくマオス大森林の奥地にて、エルの設置した投影魔法を通して事の一部始終を眺めていたロポスは、とても良い物を貰《もら》ったと満足気に口角を吊《つ》り上げる。

『それで？　ルーゴは倒したけど、エルはこの後どうしたら良い？』

投影魔法が通す声は一方通行だ。ロポス側からは声を掛けられない。

だが、ロポスの舌には魔紋と呼ばれる魔力のマーキングが施されており、これと同じ魔紋がエルの鼓膜にも刻まれている。よってロポスが発声すれば、魔紋を通してその声がエルまで届く。

「アーゼマ村へ投入する魔物が皆殺しになってしまいましたからねぇ。エルさん、いくらルーゴさんの油断を誘う為《ため》とは言え、私の魔物を全部やってしまうなんて駄目じゃないですかぁ」

『ごめんね、でもこうするしかなかったから。あのルーゴって人、隙が無さ過ぎるんだよ。エルが村に来てまだ何もしてないのに疑ってくるし。勘が鋭いのかもね』

「そういう言い訳は後で聞きますぅ。あなたは今から魔物の代わりを務めてください、厄介だったルーゴさんがようやく消えてくれましたからねぇ」

『と、いうと？』

「好戦的な冒険者は皆殺し、村に居るシルフ達《たち》は速やかに討伐を。アーゼマ村の住民は全員眠らせてくださいな。私は魔物を補充してからそちらに向かいますので。妖精王とかいうのは一人でやれそうですかぁ？」

アーゼマ村を襲撃する上での問題点は用心棒ルーゴの存在、そして妖精王と呼ばれているらしいシルフの存在だった。話を聞くに彼女も『加護』の力を持っているようであったが。

『そこまで強くないし雑魚だよ。いつでも殺せる』

英雄ルークの下で数多《あまた》の経験を積んでいるエルが任務に支障なしと判断した。

「そうですか。では始めちゃってくださいなぁ」

頷《うなず》いたロポスはエルに命令を下した。

『――――――』

「ん、エルさん？　聞こえていますか？」

声が途絶えた。

呼び掛けるもエルからの返答がない。再び呼び掛けてみるも一向に返事は戻って来なかった。

つい先ほどまで魔紋で通話していたというのに、ロポスはせっかく貰った人形がもう壊れてしまったか、と気を揉《も》みながら投影魔法に目を凝らす。そこにはエルが返事を戻さない理由がうっすらと映し出されていた。

エルが表情を鋭くして視線の切っ先を前方へと向けている。

『エル、お前がこんなことをする子だとは思いたくなかったよ。残念だ』

消し飛ばされた筈《はず》のルーゴが、酷《ひど》く落胆した声を小さく溢《こぼ》しながらそこに立っていた。

『魔人の加護』で強化された魔法の直撃を受けたにも関わらず、ルーゴの体にはどこにも負傷は見当たらない。身に纏《まと》う衣服のみがボロボロになっているだけだ。

何故《なぜ》、あの魔法を受けて無事で居られる。

ロポスは焦りに交じった苛立《いらだ》ちを隠さず舌打ちする。

「エルさん、ちゃんと魔法を当てたんでしょうね？　ルーゴさん生きているじゃないですかぁ。次はちゃんと当てるんですよ、さっさと殺してください」

『……うん』

視線をルーゴに向けたままエルは頷き、手にしていた杖《つえ》を地面へと突き刺した。

次いで祈るように両手を合わせれば、杖は無数の光子となって宙に霧散し、やがてエルの両手両足へと収束する。

これによってエルの四肢は杖の役割を果たすようになる。

通常、杖は魔力のコントロールが覚束《おぼつか》ない未熟な魔術師が所持する物だ。既に優れた魔術師であるエルが杖を所持しているのは、『魔人の加護』によって生み出される膨大な魔力を制御しきれないのが理由である。

Aランク冒険者であるエルでさえ持て余す魔力を確実にコントロールする為の杖。それを四肢に纏わせることで、絶大な魔力を拳や足に乗せた攻撃を仕掛けることが出来る。

——魔法拳士。

魔術師でありながら近接戦闘を得意とする。それがエル本来の戦闘スタイルだ。それはエルが尊敬する魔法剣士ルーク・オットハイドを真似《まね》たものだった。

『いよいよ本気か。そうなれば俺も加減は出来ないぞ』

対峙《たいじ》するルーゴが頭を捻《ひね》り、首をゴキリと鳴らした。

ロポスは命令する。

「やれ」

『うん、今度こそ殺すから』

エルがルーゴ、さらには水晶越しのロポスにそう宣言して両足に魔力を込める。ガラムが使用していた疑似的な身体強化の魔法だ。魔力は魔法として使用しなければ溜《た》めも隙もない。

地面を蹴ればエルの姿が消失する。蹴り抜かれた地面は大きく捲《めく》れ上がった、それほどの力を加えての跳躍。

周囲は先ほどエルが魔法を放ったことで木々の一本はおろか、視界を遮る障害物は存在しない。それにも関わらず、エルの姿は全く見えない。投影魔法の『目』の役割を持つ小鳥がエルの姿を捉え切れていないのだ。それほどまでの速度で辺りを駆け抜けている。

ロポスは流石は英雄ルークの元パーティメンバーだと感心するが、対するルーゴは動揺の素振りすら見せず、一歩もその場から動かずに迎撃の体勢を取っていた。

あくまで冷静で隙を見せようとしないルーゴを目掛け、エルが地を蹴り抜いて一挙に距離を縮めた。瞬間、カウンターでルーゴの蹴りが飛んで来るも、エルは空に身を翻して攻撃を回避する。

『遅いね、ルーゴさん。単純過ぎる』

『言うじゃないか』

空中で身を回転させたエルが魔力を乗せた蹴りを放った。

が、ルーゴには届かない。

『重力魔法ッ！　それって盾にも使えるんだね！』

エルの蹴りとルーゴに挟まれる空間が歪《ゆが》んでいる。それは重力魔法によって造られた壁だ。だからエルの攻撃が届かない。

まさか『魔人の加護』の力を乗せた攻撃が防がれると思っていなかったエルは、更なるカウンターを警戒してルーゴから距離を取ろうとするも遅かった。

ルーゴが腕を振り上げれば、壁を造っていた重力魔法がエルの足を吊り上げる。宙吊《ちゅうづ》りにされた、エルがそれを頭で理解する頃には、その身が遥《はる》か後方へと飛ばされていた。

『うぐ……ッ！』

血反吐《ちへど》を吐きながらエルは地面を転がっていく。がら空きになった腹を拳で打たれたのだ。

相手が小さな少女とて容赦を一切加えない一撃。敵と分かれば誰であろうと情けも掛けず振り払う。それがアーゼマ村の用心棒らしい。厄介だなと水晶から様子を見ていたロポスは嗤《わら》う。

「やれ」

『う、うん。エル……頑張るッ』

蹲《うずくま》っていたエルがゆっくりと体を起き上がらせ、血の混じる唾液をローブの袖で拭って地を蹴る。

重力魔法の使い手に策もなしに接近戦を仕掛けるのは無謀、かと言って小細工が通じる相手ではない。まず重力の壁をどうにか出来なければ、攻撃を当てることすら叶《かな》わないだろう。

どう攻略するつもりか、ロポスは水晶を眺める。

『はぁッ！』

地を駆けながらエルが両手を合わせると、前方に向けて岩石の弾丸が射出された。

加えて風属性の魔法で弾速を上昇させ、火薬を用いた大砲の威力すらも凌駕《りようが》する砲弾がルーゴへと襲い掛かる。小細工無用と判断したエルは、純粋な火力で重力魔法の突破を試みた。

『うぎゃッ!?』

しかし、砲弾が直撃したのはエルの方だった。

重力の壁が迫り来る砲弾を反転させたのだ。先ほどの蹴りもあれで止められたのだろう。

エルが地面を転がっていく。

ルーゴは既に構えを解いていた。

『相手にならんな。エル、お前がもし大人しく逃げ出すのなら、俺はその背を追いはしない。だからもうやめろ。お前の攻撃はまだ、俺には届かない』

『う、うぅぅ……』

防御魔法。加えて受け身は取っていたが、砲弾の直撃を受けたエルの左肩が血に塗《まみ》れている。恐らく骨が砕けている。あれではもう使い物にならない。

立ち上がろうにも激痛で体に力が入らないといった様子だ。彼女はまだ子供、当然と言えば当然であるが今は敵と交戦中だ。今すぐ立たなければいけない。それが役目。

なのでロポスは命令する。

「やれ」

命令が下された。

エルはふらふらと立ち上がり、拳を構える。左腕はだらりとぶら下がっていた。

「今は任務中です、壊れることを恐れるな。敵《かな》わないのなら、せめてあの男の戦闘方法を少しでも引き出してください。後は私がやりますのでぇ」

『え、エル……頑張るッ』

「その意気ですよぉ、エルぅ。死んだルーク様の為にも頑張るんでしょう？　言っていたじゃないですか、居なくなってしまった彼の代わりに国を守るんだって。それが嘘《うそ》でないのなら証明してくださいなぁ」

『るー、ク……様』

声が上擦っている。焦点も定まっていないみたいだ。壊れる寸前だが、ルークの名前を出すとエルはよく頑張ってくれる。以前にもあとちょっとで壊れるといったところまで酷使したことがあったが、ルークの名を出せば水を得た魚のように元気になってくれた。

ルークの存在はエルにとっての特効薬。

『エル？　お前……』

ルーゴが何かに気付いた様子だがもう手遅れだ。

それにこの男はエルを止めることは出来ない。迎撃することは出来るが。

「やれ」

『ぐ……ぎぎ……！』

命令が下される。エルは地を蹴り抜いてルーゴに肉薄し、魔力を一点集中させて右拳を放った。

その数秒後には、ルーゴのカウンターを受けたエルは無様に地面に転がっていた。

「やれ。あなたはただの人形なんです。壊れるまで主人の命令を遂行するのですよ。ほらほら、ルーク様も天国から見守ってくれていますよぉ。頑張っている姿を見せないと！」

『エル、が……ががが、んば、る』


——命令が下される。

エルは立ち上がり、拳を構える。

ルーゴ相手に接近戦では勝てない。エルは距離を取って右腕を振りかざし、魔人の加護で極限まで威力を高めた電撃を前方へ放った。
その数秒後には、エルは焼け焦げた地面に転がっていた。
――『やれ』
命令が下された。
頭では理解している。あの男には決して敵わない。それでもエルは立ち上がった。なにせ師匠である賢者オルトラムに言われたのだから。ルークはどんな敵が相手でも決して諦めなかったと。
だからエルも絶対に諦めないのだ。
もう死んでしまったルークに、少しでも報いたかったから。
――『やれ』
エルは絶対に諦めない。
ルークが守っていた王国を守り抜く為に。
そうだ。ルークの為に。彼に報いる為に。
――『やれ』
――『やれ』
――『やれ』
――『やれ』

――『やれ』
――『やれ』
――『やれ』
――『やれ』
もう体が動かなかった。
目の前の男はただ重力魔法を展開してその場に立っているだけだ。なのにエルがどれだけ攻撃を加えても傷一つ付けられなかった。攻撃すればするほどエルの体が傷付いていく。
男は諦めろと言っていた。
「もうやめてくれ、エル」
――『やれ』
耳に届く声はただただ命令を遂行しろと訴えかけている。
視界は朧気《おぼろげ》でほとんど何も見えなかった。体のどこからか吹き出た血でも入り込んだのだろうか、世界が赤い。既にエルは自分が立っているのか、地面に寝ているのかすら分からなかった。
男はエルのそばに寄って身を屈《かが》ませる。
「エル、どうしてお前はそんなになるまで戦うんだ」
「どうしてって……エルは、ルーク様のことが、大好きだから」

「俺は前に言っただろう、普通の女の子をして良いと」

この台詞《せりふ》には聞き覚えがあった。

エルは以前、ルークに言われたのだ。

(もうエルを縛るものは何もないんだ、あってはならない、自由にして良いんだ。奴隷じゃない、魔術師じゃなくても良い、普通の女の子をして良いんだ)

と。

瞬間にエルは理解する。

この声の主はルーク・オットハイドだと。

どうやら死期が近いらしい。見殺しにしてしまったルークが、来てくれた。

「る、ルーク様。エルを、迎えに来て……くれたの?」

男は何も言わない。

「エルね、頑張ったんだ。でも、駄目なことしちゃった」

男は何も言わない。

「エルは、悪い子だから、死んだら……地獄かな。ルーく様はきっと、天国だよね。え、ぇエル、一緒に行け……ない」

男は静かにエルを抱きかかえた。

「もう、体が、うごかない」

焦点の合わないエルの目から涙が零《こぼ》れた。

男はそっとそれを拭った。

「ずっと謝りたかった」

男も何故か謝っていた。

「ごめ……なさい。ルーク様」

男の腕がエルを強く抱きしめる。その手は酷く震えていた。

「エル……」

エルはもう何も発することはない。

「お前は天国にも地獄にも行かせない」

そして、強い憎しみを乗せて呟《つぶや》いた。

「ロポス、聞こえているんだろう。お前はただで済むと思うなよ」

第12話　エルとの思い出

エル・クレアは見習い魔術師である。

そして国唯一のSランク冒険者が率いるパーティメンバーの一人だ。

フリルの付いた可愛《かわい》らしいローブに身を包み、鮮やかな空色の髪を上機嫌に揺らしながら、エルは大通りの雑踏を駆け抜けていく。その足が向かう先は街外れにある小さな民家だ。

雑草が乱雑に繁茂する庭を抜け、古くなった玄関扉を二、三回軽くノックすると中から気の抜けた声が聞こえてくる。

「……誰だ」

「ルーク様、私だよ、エルだよ。入るね」

取っ手を引いて扉を開けると、家の主――ルークがソファに寝転がりながら手をプラプラと振っていた。覆いかぶさる掛布団を見るに、エルが来るまでぐうたらと寝ていたらしい。

「そんな所で寝てたら風邪引くよ、ちゃんとベッドで寝ないと。まったくルーク様は。ほらほら起きて、顔も洗ってきてね」

「何なんだこんな朝早くから、お前はお袋か」

「もうお昼だよ」

僅かに埃臭《ほこりくさ》かったのでエルは窓を開けて新鮮な空気を中に入れる。ちらりと外を覗《のぞ》けば陽《ひ》は高く昇っていた。もうお昼、時計の太針は十三時を指している。

「ルーク様、ほら見て、今日は良い天気ですよ？」

振り返るとルークが二度寝をかまそうとしていた。だらしない大人だなと洗面所で顔を洗ってくるよう指示し、その間にエルはとっ散らかったテーブルの片付けを始める。

「お昼ご飯食べるとしたら、ルーク様は何が食べたい？」

片付け合間に洗面所の方へと声を掛ければ『まんじゅう』と返事が戻って来た。頬にうっすらと笑みを浮かべたエルは小さくガッツポーズすると、綺麗《きれい》にしたテーブルにクロスを広げる。

その上に今日持って来ていたバスケットを置いて、被《かぶ》さった布を取ればエル特性の饅頭《まんじゆう》が飛び出す。ルークは一定周期で饅頭が食べたくなる体質なのだ、エルはそれを知っていた。

なんでも以前、どこかの街でリーシャと一緒に食べた饅頭の味が忘れられないらしく、エルは対抗心から自分で饅頭を作り始めたのだ。

「おお、もしかしてエルが作ってくれたのか？」

ちょうどルークがさっぱりした様子で洗面所から出て来た。椅子に腰を落として「食べて良いのか？」と聞いてきたので、エルも椅子に座って「いいよ」と答える。

「どうせ何も食べてないと思ったからね」

「今日はなんとなくこれが食べたい気分だったんだ、エルは本当に気が利く娘だな、助かるよ」

「でしょでしょ。エルのこと、ずっとそばに置きたくなるでしょ」

「ああ、そうだな」

饅頭を口にしながらルークが相槌《あいづち》を打つ。なんだか返事が適当だった気もするが、ルークがもう一個と手を伸ばしてくれたので、エルは気にしないことにする。

「そういえば、今日は何の用事があって俺の所に来たんだ？」

二個目を食べ終わったところでふと不思議に思ったらしい。

ルークが三個目を手に取りながらエルに問うた。

「ルーク様にまた魔法を教えて貰《もら》おうと思って」

「俺に？」

ルークがしかめっ面になる。なにせエルにはもう、魔法を教えてくれる師匠が居るからだ。

「オルトラムに教わればいいだろう。エルはあいつの弟子なんだからな」

「師匠は教えるの下手だから」

「まったくお前ってやつは」

なんて言いながら、ルークは戸棚から魔導書を取り出して魔法の準備を始める。なんだかんだ言うものの面倒見が良いのだろう。

「ルーク様は師匠より教えるのは上手だから」

「弟子にそんなこと言われるオルトラムが可哀想《かわいそう》に思えてくるな」

エルの師匠であるオルトラム・ハッシュバル。

彼は魔術師の最高峰と言われる賢者である。その腕は王国を見守る神の一人、かつて全ての属性を自在に操ったと言われる大魔術師マオスに匹敵すると言われるほど。そんなオルトラムに魔法を教わりたいという者は山ほど居るだろう。

しかし、オルトラムは魔法を教えるのが下手糞《へたくそ》だった。

(これをこーしてあーすればこうなるのだああああああッ!)

などと言いながらオルトラムは魔法で海を真っ二つにする。

確かに魔法の威力は凄《すさ》まじいが、何がどうしてそうなるのかエルには全く分からない。一足す一は五です、と言われているようなもので、エルはどうして五になったかの理由が知りたいのだ。

だが『ほっほっほ。エルちゃん、見て覚えるんだぞ』と笑顔で言ってくるオルトラムにそれは無理な話で、だからこそエルはルークに魔法の指南をして欲しいのだ。

「ねぇねぇ、今日は何を教えてくれるの?」

「そうだな、俺が前から実験中だった魔法でも見せてやろうか?」

「実験中? 何それ何それ、見たい見たい」

地下室へと移動し、ルークが魔導書を片手に魔法陣を床に描いていく。

なにやら実験中の魔法を見せてくれるとのこと。

あのSランク冒険者が創り出す魔法、エルは俄然《がぜん》興味が湧いて来る。

「あれ、これって召喚魔法？」

床に描かれた魔法陣。そこに刻まれた魔法印を読み解くに、それは【召喚魔法】の類だった。

「分かるか、流石《さすが》はエルだな。この魔法はやたらと難しいから覚えておけ。まず魔力の構築過程から丁寧に教えてやるからよく見ておけよ」

魔法陣を描き終えたルークは魔導書を構えて、陣に刻んだ魔法印を口にして詠唱を始めた。言った通り、一つ一つの過程を丁寧に説明しながら進めていく。

しばらくすると魔法陣がぼんやりと輝き始めた。

「よし、ここまでは順調だな。エル、次は実際に召喚してみるぞ」

「う、うん！」

Sランク冒険者は一体何を召喚してくれるのだろうか。実験中と言ったからには、通常では考えられない化け物を呼び出すに違いない。ワイバーン。ストナウルフ。オーガ。もしやもしやのドラゴンだったりするのかも。

エルがワクワクしながら召喚を待っていると、魔法陣がその発光を強めた。

「ルーク様！　そろそろだね！」

「これより俺の奥さん候補を召喚する」

「え？」

はあァッ！　とルークが気合を入れれば、魔法陣からバチバチと火花が散り始め、雷が地下室を縦横無尽に走り回った。通常の召喚魔法ならこうはならない。エルは開いた口が塞がらない。ありったけの思いでぶち込められた魔力は激流を渦巻き、突風がエルとルークに襲い掛かった。

「なにこれ！　なにこの召喚魔法⁉」

「最近周りに言われてうんざりしているんだ、そろそろ結婚して身を固めてはどうかとな。リーシャにも毎日言われている」

ルークが愚痴を溢《こぼ》したと同時だ。ボンッ、と魔法陣から白い光が噴き上がった。

「来たか……俺の奥さん候補」

「ち、ちょっとルーク様！　奥さんって何⁉　それって召喚するものなの⁉」

「エル、魔法実験の成果を確認してくれ」

エルはルークが何を言っているのかまるで理解出来なかったが、とりあえず実験の成果を確認しようと魔法陣の中央へと目を凝らす。

「ルーク様、誰も居ないよ」

が、そこには魔法陣があるのみで、何かが召喚された痕跡は何もなかった。召喚失敗、その事実だけが残されているだけ。隣を見るとルークががっくりと肩を落としていた。

「何がいけなかったんだ」

「エルは奥さんを召喚しようっていうその発想がいけないと思う」

「……そうだな」

しかし召喚魔法自体は完璧だった、とエルは思う。見習い魔術師であるエルが見ても、ルークの召喚魔法に不備や欠陥は見当たらない。

では、どうして失敗したのか。疑問に思ったエルは残された魔法陣に刻まれた魔法印を詳しく読み解いていく。すると、重大な不具合があることに気付いてしまった。

召喚魔法——それは召喚対象にいくつか条件を付けなければ十分な効果を得られないことが多い。

今回、ルークが召喚対象に指定していた条件、それは三つあった。

一つ、優しい人であること。

一つ、尽くしてくれること。

一つ、自分と同程度の強さであること。

「ルーク様は高望みし過ぎだと思う」

「その三つは最低条件だ」

「ルーク様は高望みし過ぎだと思う」

こうしてルークの魔法実験は失敗に終わった。

ただ、まだまだ未熟な魔術師であるエルにとっては大きな経験値となった。それはいくら魔法の構築が完璧だったとしても、結果を高望みし過ぎると失敗に終わるということ。

ルークは一足す一に百を求めているのだ。

加えてエルは知っている。ルークに言い寄ってくる女性の大半がルーク自身に魅力を感じている訳ではない。彼がたった一人のSランクであるというその身分の箔《はく》に引き寄せられていることを。

だからルークはこんな訳の分からない魔法の実験なんてしたのだろう。


エル・クレアは見習い魔術師である。

この名は魔術師界隈《かいわい》で割と有名だったりする。

それは十二歳という若さで魔術師の最高峰オルトラムに腕を見込まれて弟子入りし、その後僅か二ヶ月で国唯一のSランク冒険者であるルークのパーティに加えられたからだった。

しかし、そんなエルの将来を王国内の誰もが期待していない。

今日も上機嫌で街の大通りを駆けるエルだったが、街行く通行人達《たち》が彼女に向ける視線はどれも冷たく、嘲けり見下すような目付きをしている。

理由はエルの右手首にある入れ墨だ。

まるで縄が巻き付くように刻まれた二本線の入れ墨は『奴隷』の証《あかし》である。人間であって人間ではない、家畜よりも低俗な者に与えられる刻印だった。

『元奴隷の癖して何でルーク様のパーティに』

『恥ずかしいと思わないのかしら』

『家畜以下だからそんな感情なんてないんだよ』

『雑菌だらけの体で街に来るなよ……』

『こら、見ちゃいけません。あの娘は魔術師だから呪われちゃうわよ』

街に出ればそんな陰口を叩《たた》かれることも多々あった。

だが、どんな誹謗《ひぼう》中傷を受けようともエルはめげない。なにせSランク冒険者のパーティメンバーとして認められたのだから。元奴隷でもそれは変わらない。変わらない筈《はず》。

少しだけ歩を早めたエルが向かう先は、街外れにある小さな民家だ。

「ルーク様、エルだよ」

扉を軽く二回ノックする。

返事はない。家の主は不在なのだろうか。

いや、居る。この家の庭には雑草がびっしりと生えている。なので外出する際には草を踏んだ足跡が残るのだ。それがないということは、つまりルークは家の中に居る。

「ルーク様、エルだよ」

扉を強く二回叩いてみる。

しばらくしても返事はなかった。

「……ルーク様、エルだよ」

扉の奥へと語り掛ける。

返事はない。

「ルーク様、エルを……見捨てないで」

どうやら家の主は不在らしい。不在だった、誰も居ない。

そうだ、だから返事が戻って来ない。

ローブで目元を拭ったエルは一歩後退《あとずさ》りし、踵《きびす》を返して庭を抜ける。ふと視線を下げると、小さな自分の足跡だけがそこに残っていた。

「どうした、エル」

背後で扉の開く音がした。

やや気の抜けた家の主の声が聞こえてくる。

「済まない、魔法の実験をしていたから地下室に居たんだ。だから、少しばかり返事をするのが遅れてしまった」

エルは振り返る。

「そもそも引き返すのが早い。少しくらいは待ってくれ」

ルークの顔がぼやけていて見えなかった。

恐らく苦笑いしているのだろう、エルもクスリと笑って返した。

「ルーク様も、早起きするんだね」

「俺だっていつも寝坊している訳じゃない。いつまでもエルに頼ってばかりじゃいられないからな

「……っておい、エルッ！」

目が合った。ルークが駆け寄って来る。

「どうした、目が赤いぞ。何があった」

「なんでもないよ」

「なんでもない訳あるか。とりあえず中に入れ」

ルークに手を引かれて強引にエルは家の中に連れ込まれる。半ば無理やりソファに座らされると温かいココアが差し出された。

「おいしい」

一口付けると優しい味がした。思わずホッとしてしまう。

「エル、何があったか俺に聞かせてくれるか？　言いたくない、知られたくないということなら、無理をして話さなくても良いが……」

テーブルを挟んで対面に座ったルークがエルに問う。口調こそ優しいものであったが、その表情は真剣なもので詰問するような迫力がある。

「ルーク様、どうしてすぐに出て来なかったの」

「言いたくないってことか、分かった」

「……うん」

ルークが頬杖《ほおづえ》を突いて困ったような表情を浮かべる。

続けて反対の手で地下室の入口を指で示した。

「すぐに出てやれなかったのはさっきも言った通りだ。地下室で魔法の実験をしていたんだよ。ほら、あれだ、昨日見せた召喚魔法だ」

「また奥さんを召喚しようとしてたんだ」

「当たり前だ。そろそろ結婚しないと世間体がどうと言われる歳《とし》なんだ。ギルドの奴《やつ》らにも言われているし、ここのところリーシャにも毎日言われるんだ。結婚はしないのかと」

そんなルークの隣に誰も居ないということは、またも魔法実験は失敗したのだろう。高望みが過ぎる召喚条件を思い出したエルは笑うように嘆息した。

優しい人で、尽くしてくれて、ルークと同じくらい強い人。そんな女性が世に何人居ると思っているのだろうか。居たとしても、巡り合えると思っているのだろうか。

しかしだ。たった一つだけ。エルはその条件をたった一つだけ満たしてあげられる。

「ルーク様。その奥さんって、エルじゃ駄目？」

「ん、いきなり何を言い出すんだ」

無条件で尽くしてあげることは出来る。

人に優しく出来るほど人間が出来ている訳でもない、ましてやルークほど強くもないが、それだけなら。それだけの理由がエルにはある。

「ルーク様は二年前に、時代遅れの奴隷商を斬ったの、覚えてる？」

「ああ、覚えているがそれがどうかしたのか」

「エルね、そこの商品だったの」

エルはソファから立ち上がると、ルークに見せつけるようにしてローブを脱ぐと、ルークは表情を強張《こわば》らせて頬杖からずるりと頭を落とす。

それは乙女の肌が剝《む》き出しになったから、ではなく、エルの体中に刻まれた奴隷時代の惨状を見せつけられたからだった。

鞭《むち》で打たれたのだろうか。火で炙《あぶ》られたのだろうか、刃で刻まれたのだろうか。

子供の体には間違ってもあってはならない生々しい傷跡が、エルの体の至る所に散見された。よく見れば両手の爪は歪《いびつ》で、右目も僅かに白んでいる。

「エルが元奴隷って、知ってたよね」

「ああ、聞いてはいたが……」

「ルーク様が、助けてくれたんだよ」

エル達が住むこの国では十年ほど前に奴隷制度が廃止されていた。

Sランク冒険者であるルークの掛け合いもあって、この国の王が『奴隷は存在してはならない』という法律を新たに定めたのだ。だが、一部の地域では根強く奴隷制度の文化が残っており、廃止に反対する貴族達が裏で未《いま》だに奴隷を取引していたのだ。

貧困の家に生まれたエルは両親に捨てられ、売られ、商品にされた。

ただ、当時まだ九歳であったエルに体力と力を使う労働力は期待出来ない。代わりに課せられた役割はとても口に出せるものではなかった。

美形が多いとされるエルフの血を僅かにでも引いていたエルは、数多く居た奴隷達の中でも人気な商品。宝石のように綺麗な瞳もまた、その人気に一役買っていた。そんなエルを使って奴隷商は大いに儲《もう》けたことだろう。

一年後だ。その奴隷商をルークが斬ったのは。お陰で捕らわれていた商品達は無事に解放され、エルも晴れて地獄から抜け出すことが出来たのだった。

「だからルーク様に恩返しがしたくて、少しでも近付きたくて、一番得意だった魔法の練習をずっとしてたの。認められればずっとそばに居られるでしょ？　エル、エルフの血が入ってるから、魔法だけは得意だったの」

「そう、だったのか」

エルはこれまでの経緯をルークに話した。助けられたこと、魔法の腕を鍛えたこと、そしてその結果ルークのパーティに入れて貰えたこと。その全てを。

聞き終えたルークは苦い顔で頭を押さえていた。

「別に恩を感じる必要もない。もうエルを縛るものは何もないんだ、あってはならない、自由にして良いんだ。奴隷じゃない、魔術師じゃなくても良い、普通の女の子をして良いんだ」

「やだ、ルーク様は恩人。この気持ちは変わらない」

言い終えたエルは考え込むようにして天井へと視線を向ける。そしてすぐにルークへと視線を戻して先ほどの言葉を訂正した。

「やっぱり気持ち、変わったかも」

「どっちだ」

最初こそ、ルークのそばで少しでも恩返しがしたかった。ただそれだけだった。けれども、いざずっとそばに居ると、エルの気持ちに変化が生じたのだ。

「ルーク様はこの体を、エルを、汚いって思う?」

「思う訳ないだろう」

聞くのが恐ろしかったが、ルークに即答された。

「じゃ、遠慮なく」

エルはぐぐと足に力を込めると、テーブルを超えてルークの胸に跳び付いた。勢い余ってルークごと椅子から転げ落ちてしまったが関係ない。

馬乗りでルークにマウントを取り、逃がさないように頭を押さえて、

「え、エル!? 何を――」

「んっ!」

唇を重ねた。

「んんんんん――――ッ!」

「ぐうぅッ!?」

無理やりされたことしかないエルに詳しいやり方なんて分からない、どうしてこんなことをする意味も分からなかったが、後で調べてみればこれにはとある意味があるらしかった。

エルの場合は宣戦布告。余計な虫が付かないように、文字通りツバを付けとくのだ。

「エル、お前ッ！」

動揺するルークに無理やり引き剝がされる。

これでもう安心だ。エルが妖しい笑みを頰に浮かべるとルークの顔が真っ赤に染まった。

「自分が何をしたのか分かっているのか」

「ルーク様……はぁ、好き」

「お前って奴は」

ルークが目を白黒とさせていた。

色んな感情がその瞳に渦巻いているのがエルにも分かる。これでも魔術師なのだから、人の感情を見透かす術《すべ》はオルトラムから教わった。ポスンと胸に顔を落として抱き付くと、ルークの心臓が激しく鼓動を打っているのが分かる。

「エルは胸もないし、傷だらけで可愛くない。それにルーク様みたいに強くない。でも、ずっと尽くせるよ」

「……それは嬉《うれ》しいのだがな、エルはまだ子供なんだ。お前にはまだ早過ぎる」

「じゃあ、エルが大人だったら良いんだ、やった」

心の中で大きくガッツポーズしたエルは、ルークに抱き付く腕に力をぎゅっと強く込めた。

「エルは元奴隷だから、一足す一でも一にしかならない。むしろマイナスかも知れない。それでもルーク様は許してくれる？」

エルは元奴隷である。体は傷物で、右手首には奴隷の証が刻まれている。

ルークの胸にエルは顔を沈めたまま聞いてみた。

「エル、さっきはそのことで泣いていたのか？」

ルークの大きな手が、エルの頭をそっと撫《な》でた。

「胸もないし、可愛くないから、百にもなれない」

「百ってなんの話だ。そもそもエルは可愛いじゃないか、目も宝石みたいに綺麗だしな」

「じゃあエルが大人になったら、十六歳になったら……結婚して」

「それまでお前の気持ちが変わらなかったらな」

「絶対に変わらない」

エルは満足そうに顔をほころばせて宣言した。

少しでも近くに居たい、ずっとそばに居たい、この気持ちは変わらない。だってルーク様に助けられてから今までもずっと、変わっていないんだから。

「ルーク様、大好き。ずっと一緒に居てね」

エル・クレアは見習い魔術師である。

この先もずっと、隣でルークのことを支えるつもりだ。

――ロポス、聞こえているんだろう。お前はただで済むと思うなよ。

先ほどルーゴという男が言い放った恨み節を思い出したロポスはほくそ笑む。

一体何を言っているのだろうかと。エルを瀕死《ひんし》に追い込んだのはルーゴの方だ。

自身が中途半歩に強いばかりに魔人エルを抑えることが出来なかったのだ。もうやめてくれと言っていた割に、この男はエルに対して【捕縛魔法】を放たなかった。

仮にだ、それが捕縛魔法で捕らえることが不可能だと判断した結果なのだとしても、エルの攻撃を跳ね除《の》けることが出来た重力魔法を使って、地面にでも押さえ付ければ良かったのだ。

「い～やぁ……私は知っていますよぉ」

ロポスはもう理解している。ルーゴはそれをしたくても出来なかったのだ。

先のエルとの攻防でルーゴの攻略法は既に看破した。

巨大な重力魔法を展開している間、ルーゴは使用する魔法の威力が著しく低下する。

【捕縛魔法】は言わずもがな、エルの攻撃を全て防いでみせた【重力魔法】も一瞬時だけなら強力な効果を発揮する、だが『魔人の加護』を持ったエルを押さえ続けることは出来ない。

それを証明するように、エルの攻撃から身を守る為《ため》に使用していた【重力魔法】は必要最低限の物だった。

反撃する際も魔法ではなく近接攻撃を使用していた。それもあんな少女一人気絶させられないチンケな攻撃。恐らくは身体強化の魔法すら弱体化している。

「遂《つい》に底を見せてくれましたねぇ、ルーゴさん」

アーゼマ村の用心棒はアーゼマ村を守る為に身を削る。そこがルーゴ最大の弱点。

これを看破出来たのはエル・クレアという少女の献身のお陰だ。

「お、投影魔法が消えてしまいましたね」

ロポスの眼前でエルが設置していた【投影魔法】が消え失《う》せる。

これは役目を終えた結果ではない、維持が出来なくなったのだ。

魔法には使用者が死んだ場合、その効果が永続する物としない物が存在する。エルが得意とするこの【投影魔法】は効果が永続しないタイプの魔法だ。

それが塵《ちり》となって消え失せた。それはつまり、エルが死亡したということを意味する。

「ああ、エルよ……安らかに。ベネクス様の導きがあらんことを。せめて、その魂は想《おも》い人《びと》であるルーク様の元へ」

ロポスは帽子を胸に当てて丁寧に一礼する。

エルはあの作戦が実行されると決まった時、泣き喚《わめ》きながら師であるオルトラムに懇願していたのだ。やめてくれ、お願いだ、あのお告げは間違っている、ルークを殺さないでくれと。

その結果があのザマだった。

ルークは殺され、エルは人形になった。

ロポスは恐らく落胆したであろうオルトラムに同情する。

そして、

「おっと、感傷に浸っている場合ではありませんねぇ」

腕を振るって【人形魔法】で操作した魔物達《たち》を自身の周囲に集めた。

場所は屈強な魔物が跋扈《ばっこ》するマオス大森林の奥地。そこで待機していたロポスは目を細めて前方の茂みに視線を投げた。

「ここに居たかロポス、覚悟は出来ているんだろうな」

「おやおや、わざわざ返り討ちに来てくれるとはご苦労様ですぅ」

茂みの奥から姿を現したルーゴは何やらご立腹のようだがお門違いだ。中途半端な強さが災いし、エルを殺してしまったのはルーゴである。元々こちらもエルが壊れても構わなかったが、壊した張本人はあの男だ。

よって悪いのはこちらではない。ロポスは頭の弱いルーゴに肩を竦《すく》める。

「エルさん、可哀想《かわいそう》に。あんなにボロボロになって。これも全てルーゴさん、あなたが弱い所為《せい》なのですよぉ。お気付きではないようですけど」

「エルの様子がおかしかった。やはりお前が操っていたと見て間違いはなさそうだな」

「ええ、そうですぅ。全て私の仕業ですよぉ」

「全て？　じゃあ何か、アーゼマ村に盗賊を差し向けたのもお前だと言う気か」

「その通りですよぉ」

『野郎の墓場』という訳の分からない名前の盗賊団に情報を与えて、薬師リリムの診療所で盗みを働くように仕向けたのはロポスだ。

目的は単純で、素材を失ったリリムをマオス大森林へと誘導する為だ。

「フレイムゴーレムを破壊したのもお前か」

「ええ、私です。まあ正確には私は命令しただけで、実行したのはエルさんですが」

竜が現れたように見せ掛けるには、誰かがマオス大森林に出入りしていなくてはいけない。

この役目は盗賊団の手によってマオス大森林へ素材の採取を余儀なくされたリリムが全うしてくれた。

お陰で騒ぎになったアーゼマ村にAランク冒険者兼調査員のエルを差し向けることが出来た。

ルーゴとペーシャというシルフだけは、エルの存在に疑問を持っていたようだが。

「この薬品を作ったのはお前だな」

「お、どこでそれを？」

ルーゴが懐から紫色の液体が入った小瓶――催眠薬を取り出した。

言わずもがな、それを作ったのはロポスである。

「これはエルが所持していたものだ」

「おやおや、エルさんには捨てるように命令した筈《はず》なのに。ほんと、使えない人形ですねぇ」

この薬は少しでもルーゴの味方を減らそうと使ったものだったが、大した効果は得られなかった。エルが村に侵入した瞬間、違和感を嗅ぎ付けたティーミアとかいうシルフを懐柔出来たことだけが成果だろう。

「この薬の所為でリリムが怪我《けが》をした。舐《な》めた真似《まね》してくれたな」

「おや？　リリムさんがお気に入りですかぁ？　年下好みだなんて良い趣味してますねぇ。じゃあ、あなたを殺したら真っ先にリリムさんも殺してあげますよ。私の可愛《かわい》い魔物の餌になんてどうでしょうか？」

「俺を殺してから言え」

ルーゴが怒りを露《あら》わにする。

手の平を突き出したロポスは魔物達に指示を出した。

わざわざルーゴの問答に付き合ってやったのは場の準備を整える為。

「やれ」

標的の背面にて命令を待っていた狼《おおかみ》の魔物がすぐさま飛び掛かった。が、振り向き様にルーゴが拳を振り払うと魔物の顔面がひしゃげる。

「やれ」

集まって来た魔物が次々と標的に襲い掛かる。

ルーゴは体術と魔法を交えながらそれらを撃退していった。飛び掛かって来た魔物の腹に鋭い手刀を突き入れると同時に、体を回して背面に潜む魔物の横腹に蹴りを入れる。

『グギャアアアアアアアアアアアアアアアアアア！』

魔物の悲鳴が薄暗い森に響き渡った。

腹部を貫かれた魔物は逃れようと必死にもがくも、ルーゴが拳を握り締めるとその体が激しく炎上する。絶命。魔物がぐるりと白目を剝《む》いた。

「おやおや、私の可愛い魔物達をこうも易々《やすやす》と。ですが、これで終わりではないですよ」

ロポスが腕を振るえばどこからともなく魔物が姿を現す。手の平をかざして一声掛ければ魔物達は五匹同時に、十四同時にと一斉に標的に襲い掛かった。

そして二十を超える魔物に攻撃指示を出した時だ。

「数だけは多いな！」

ようやくルーゴが【重力魔法】で魔物の攻撃を防ぎ始めた。

瞬間、ロポスは前方へ向けた指先から魔力の弾丸を放った。

「ぐ……ッ！」

ルーゴは僅かに身を捩《よじ》らせて回避しようとするも弾丸は右胸を貫いた。魔法は肉も内蔵も貫通して背後の木々をも砕いていく。肺を壊してやった。兜《かぶと》の隙間から血反吐《ちへど》を溢《こぼ》している。

やはり、ルーゴは【重力魔法】の使用に制限が掛かっているようだ。

アーゼマ村全体を覆う【重力結界】を展開出来るほどの使い手ならば、本来こんな魔物の十や二十に集《たか》られたところで敵ではないだろう。

だが、今のルーゴは重力魔法を必要最低限でしか使用出来ない。

同時攻撃、なにより不意打ちを防げない。

「弱点が分かれば脆《もろ》いもんですなぁ、ルーゴさん」

そうと分かれば後は容易《たやす》い。

ロポスは待機させていた全ての魔物に命令を出す。

適度にこちらが魔法で援護しつつ魔物に寄って集らせて嬲《なぶ》れば、お得意の【重力魔法】を満足に使えないルーゴは一巻の終わりだ。

四方八方、続々と姿を現す魔物が攻撃を仕掛ける。

獰猛《どうもう》な魔物の牙がルーゴの腕や足や頭に喉に喰《く》らい付いていく。

ルーゴの鮮血が地面を汚す。

重力魔法で応戦しようとすればロポスが魔法で追い打ちを掛ける。急所を狙うまでもない。

すぐにあいつは死に至る。

「さぁさルーゴさん、これでお終《しま》いですよぉ！」

「——お前がな」

魔物に嬲られながらも強気に返したルーゴが見つめる一点。

それはロポスの背後。

振り返れば流れる視界に黒い影が迫っていた。

「ぐアッ!?」

顔面に強い衝撃を受けてロポスはぶっ飛ばされる。

何が起こったか分からなかった。何故《なぜ》、背後から攻撃が飛んでくる。激痛に表情を歪《ゆが》めながらも咄嗟《とっさ》に立ち上がったロポスは目を疑った。

「ルーゴさんが……二人?」

右前方では魔物達が地面に倒れているルーゴの肉を食い漁《あさ》っている。しかし、真正面では無傷のルーゴがこちらを睨《にら》み付けている。訳が分からなかった。

「い、一体何がッ!?」

「お前、自分が得意としている魔法すら忘れたのか」

「まさかっ!」

——分身魔法。

この魔法は何もロポスの専売特許ではない。そしてロポスは知る由もない。ルーゴがかつて変幻自在に魔法を操る魔法剣士と呼ばれたSランク冒険者であることを。

「あなたが分身魔法の使い手だとは思いませんでしたよッ！」

「違うな、お前が俺に教えてくれたんだ。得意気に手本みたいな分身魔法を使ってな。お陰で俺も骨を理解出来たよ」

「ふざけるな！　私の分身を見ただけで魔法を覚えたと言いたいのか！　そんな馬鹿げたことが出来るのはルーク・オットハイドだけだ！」

「お前は面白いことを言うな」

肩を竦めて鼻で笑ったルーゴ目掛けてロポスは手の平を突き出した。魔法を使用するのではない、どうせ重力魔法で弾《はじ》かれる。だから魔物に命令するのだ。

「奴《やつ》を喰い殺せ！　魔物共ッ！」

ルーゴの分身を寄って集って嬲り殺しにしていた魔物達の首がぐるりと回った。虚《うつ》ろなその目は分身ではなくルーゴ本体に照準を構えている。

「やれぇッ！」

ロポスが命令を発すると魔物達が唸《うな》り声《ごえ》をあげた。

分身を使ってくるとは驚いたが、この男は魔法の使用に制限が掛かっている。アーゼマ村を覆う重力結界に魔力のリソースを割き過ぎているのだ。何十という魔物達に対処することは出来ない。

「本当に数だけは多いな」

魔物の凶刃が向けられたルーゴが腕を振れば、空中に一つの魔法陣が出現する。

刻まれた魔法印を読み解くにそれは召喚魔法の類だった。何を呼び出すつもりかは知れないが、そうはさせまいとロポスは腕を振った。

「魔法を使う前にルーゴを殺せッ！」

しかし、こちらの意志とは真逆に魔物達は動きを止めてしまった。

「な、なんだ？　どうした！　早くあの召喚魔法を止めろ！」

再び腕を振るって魔法を行使するも、魔物達が命令を受け付けない。酷《ひど》く怯《おび》えた様子で身を震わせている。人形魔法で操っていなければ今にも逃げ出してしまいそうだった。

ロポスはもう一度、魔法陣に刻まれた魔法印を確認する。そこにあったのは召喚する使役獣に課す条件ではなかった。

たった一つ『ララ』と刻まれているのみ。

「おやおや、俺を限定召喚で呼び出すなんてね。もしかして苦戦中かい？　あはは、珍しいね」

やがて魔法陣が発光しだすと、中から使役獣の声が発せられた。

「今は重力魔法に魔力を割いている。ララ、お前の息吹を借りたい」

「なるほどね、分かったよ」

了承した声の主が魔法陣の中央から首を出した。

その姿にロポスは目を見張る。

「り、竜だとッ!?」

ララ。そう呼ばれた魔物の姿にロポスは驚愕《きょうがく》を隠せない。なにしろ魔法陣から頭だけを出したのは真白の鱗《うろこ》を持った竜だったのだから。

縦一本の傷を走らせた左目の眼光がロポスの操る魔物達に向けられると、竜は口を開いたと同時に灼熱《しゃくねつ》の息吹を放った。

一瞬だ。辺りは業火に包まれ、魔物達が焼き尽くされていった。

たった一体で国を滅ぼすと言われる竜の力を見てロポスは後退《あとずさ》りする。

咄嗟に防御魔法を展開して炎の熱はなんとか防いだが、あの息吹を直接向けられればタダでは済まない。

「こ、このトカゲめ！　よくも私の可愛い魔物達をッ！」

「ははは、トカゲって心外だなぁ。それに俺は竜じゃあない。そこだけは訂正しておくよ、一応ね」

まるで人間のような台詞《せりふ》を吐く竜が人間のようにケラケラと笑う。

「さて、次はあの男かい？」

「いや、やらなくて良い。あの男には色々と聞きたいことがある」

「そうかい、じゃあ俺の役目はここまでかな」

「ああ、助かったよ」

ルーゴが竜の頰を撫《な》でて別れを告げると魔法陣が消滅した。伴って竜も姿を消失させる。

「な、何なんですかルーゴさん、あなたは……」

聞いていた話と違う。

あいつは剣を使う、とロポスは事前に聞かされていたのだ。

しかし、いざアーゼマ村に来てみれば【魔法障壁】だなんて馬鹿げた高等魔法を使っていた。それもエルからは賢者オルトラムに匹敵する腕を持っているとの報告があった。巨大な【重力結界】が構築された時は更に驚いた。

そしてやっとこさ攻略法を見つけたと思えば、今度は【召喚魔法】を使い始めた。呼び出した使役獣は大量の魔物を瞬時に一掃してしまう怪物。

どれがルーゴ本来の戦闘方法なのか検討もつかない。

「さあこれでサシだぞロポス！」

「く、くそッッ」

ルーゴが地を蹴ってこちらに向かって駆け出した。ロポスは狼狽《うろた》えた様子で魔力の弾丸を放つが回避される。やはり単純な攻撃は当たらない。

二発、三発と撃ち込むも重力魔法に阻まれて全く効果がない。地面に設置してあった魔紋の罠《わな》も何をどうやってか踏み抜く様子がない。バレている。

次の手、どうする、どうやってあの男を倒す。エルはもう死んだ。ここには二人で来た。救援は望めない。任務を失敗すればオルトラム様に失望される。

「戦闘中に考え事か？　随分と余裕そうだな」

ルーゴが目前まで接近していた。

「うおおおッ!?」

咄嗟に防御魔法を前方に展開する。身体強化の魔法を使って身を守り、硬化魔法を使ってロポスはルーゴの攻撃に対して完全防御の体勢を取った。

「ぐぎゃあッ！」

直後、防御魔法を突き破った拳が脳天に撃ち込まれて地面に叩《たた》き付けられる。次いで顔面に蹴りが飛び、気が付いた時には木の幹に叩き付けられていた。

魔法は解いていない。なのにほとんど効果がない。

再び肉薄したルーゴの腕に首根を捕らえられた。摑《つか》み、引き寄せ、全体重を乗せた膝蹴りが腹部に浴びせられる。

「がアアアアアアアッ!!」

ルーゴは手を離してくれない。

何度も何度も何度も何度も蹴りを撃ち込まれ続ける。

だが、村の重力結界のせいでやはり攻撃力は落ちている。三重に防御の魔法を掛けていれば決して耐えられない訳ではない。反撃出来る。

「喰らえアアアアアアッ!!」

「むっ」

ロポスは顔面目掛けて炎の塊を放った。

ルーゴは首を傾けただけで魔法を回避してしまうがそれで良い。これは陽動だ。ルーゴの手の力が緩んだ隙にロポスは腕に炎を纏《まと》わせて振り払った。地に足が着いたと同時に後方へと飛び退《の》いて距離を取る。

「お前、まさか逃げられるとでも思っているのか」

こいつには勝てない。

それを理解したロポスはこの場から逃れようと駆け出した。

しかし一向に距離が離れない。むしろ縮まっている。重力魔法だ。引力でルーゴの下へと引き戻されている。

「うおおおやめろォォォォォッ!!」

顔面に拳がめり込んだ。ロポスは力なく崩れ落ちる。

「が、がが……ぐうううぅ」

ルーゴは弱体化している、攻略法も用意した筈だった。

こちらがどれだけ策を練ろうともルーゴは変幻自在に戦闘方法を変えてしまうのだ。

重力魔法や魔法障壁だなんて高等魔法を使う魔術師の癖して果敢に接近戦を仕掛けてくる。

例えそれらの対策を練っても今度は剣を使うに違いない。

それの対策を練っても今度は召喚魔法を使うだろう。

竜の攻撃をどうにか出来たとしても、今度は全く別の攻撃を使ってくるに違いない。

何をしてくるか分からないという怖さがルーゴにはあった。

「お前は何なんだルーゴッ！　何者だ！　お前みたいな奴がどうして無名で居られる！　何故、田舎で用心棒をしているんだ！」

「さあ、どうしてだろうな」

こちらを見下ろすルーゴがわざとらしく肩を竦めた後に片膝を突くと、無様に地面へ這《は》いつくばるロポスの頭を鷲摑《わしづか》みにする。続けて反対の手で顎を摑んで無理やり口を開かせた。

「このままお前を尋問しようかと思ったが、流石《さすが》に口止めされているみたいだな」

ロポスの舌には魔紋が刻まれている。

その用途はエルとの交信手段に用いられるだけではない。余計な情報を口にしようとすれば即座に宿主を呪い殺す魔法が込められている。

それを知ったルーゴは残念だとばかりに深い溜息《ためいき》を吐《つ》いていた。ロポスの頭から手を離すと、踵《きびす》を返してこの場から離れようとする。

「み、見逃してくれるのか？」

ロポスは淡い期待を抱いてしまった。

ルーゴはそんなロポスの背後を指で示した。

「お前はただでは済まさんと言っただろう。余計な期待はするな」

背後へと振り返れば、草藪《くさやぶ》の陰から二つの眼光がこちらを捉えていた。額から鋭い角を生やした狼形の魔物が唸りながらこちらに牙を見せている。

「奴は警戒心の強い魔物だ。俺達が戦っていた時もじっと様子を眺めていたぞ。まさか気付いていていなかったとはな」

――ストナウルフ。この魔物はロポスが使用する人形魔法からも逃れて、森を荒らす狼藉者《ろうぜきもの》をずっと観察していた。隙が生まれる瞬間をずっと待っていた。

「やめろ、私に近付くな……ッ！」

ルーゴの攻撃を受け続けて満身創痍《まんしんそうい》となったロポスは格好の獲物だろう。草藪から姿を現した屈強な狼の魔物にロポスは小さく悲鳴をあげた。

「お、お願いだルーゴさん、助けてくれ！　私はまだ死にたくない！」

「子供を死ぬまで戦わせた奴が言って良い台詞ではないな」

ルーゴは立ち去ろうとする足を止めない。

「分かった、何でも喋《しゃべ》る！　魔紋が許す限りなら何でも喋るから！」

ルーゴの足が止まった。

「ならば吐いて貰《もら》おうか。アーゼマ村を襲った理由は何だ」

ロポスは口元を押さえて首を振った。

答えられない。それを喋れば魔紋に殺されてしまう。

「誰に指示された」

ロポスは首を振った。答えられない。

ルーゴは溜息を溢し、拳を強く握り締めて続けた。

「エルを操っていたのはいつからだ。あの子は、自ら望んでここへ来たのか」

その問いに対してロポスは答えられる範囲で初めて口を開いた。

発せられた言葉はたった一言「違う」のみ。握り締めた拳から血が滴り落ちる。

「……そうか」

ルーゴは再び歩を進める。

そしてストナウルフに告げた。

「ストナ、そいつはリリムの敵だ」

それを合図にしてストナウルフの角がロポスの胴体を突き破り、黒尽《ず》くめの衣装を赤く染めた。

未《いま》だ味わったことのない激痛が鮮明に死を予感させる。

ロポスは藁《わら》にも縋《すが》る思いで手を伸ばした。

「た、助けでえぇぇえぇあああああああああッ」

ルーゴは振り返りもしない。

悲鳴がマオス大森林に響き渡った。

第14話　再生の儀

扉の奥から二つの声が聞こえてくる。

一方はまだ付き合いは浅いが良く知る男の声だ。

ルーゴという偽名を使ってアーゼマ村で用心棒をやっている元Sランク冒険者ルークの声。

もう一方の声は全く知らない声だった。

男性とも女性とも言い難い中性的で高い声が、扉の奥でルーゴと何やら話し合っている。

『今度はこの小娘を生き返らせるのか。あ〜あ、どこもかしこもボロボロだぜ。まったくお前って奴《やつ》は、もう少し手心を加えられなかったのかよ』

『加減していれば俺がやられていた。エルは強い。この子を野放しにしていればアーゼマ村も危なかっただろう』

そうだ。エルはアーゼマ村を襲撃した二人の内の一人だった。

村の広場ではあんなに無邪気な笑顔で、一緒に魔法の力試しをしていたというのに。ルークの背に杖先《つえ》を向けたエルの目は、どこか虚《うつ》ろで何も見ていなかった。

あんな目をして誰かを殺そうとした者は初めて見る。とても恐ろしかった。

『ふぅん？　ははは、アーゼマ村が危なかった……ね』

『何が可笑《おか》しい』

『あの日、この小娘は国の為《ため》にお前を殺そうとした。今一歩覚悟が足りなかったみたいだがなぁ。それと同じでお前はアーゼマ村の為に、エルをこんな状態にしてしまった』

『…………』

『勿論《もちろん》、襲い掛かって来たのはエルの方だぜ？　でもよ、大小は違えど互いに守るべき物があったことには違ぇねえと思ってよ』

『そうだな、お前の言う通りだ』

あの日のこと。

それはルークの口から何も聞かされていない。

ただ、今までの発言からエル、そしてリーシャという教会の女と何があったのかは推察出来る。

ルークは自分の仲間に裏切られたのだ。

それはどれほどルークの心に傷を付けたのだろうか。

そして、かつての仲間達《たち》はルークが生存している事実を知らない。

だから無謀にもエルはアーゼマ村を襲撃し、命を落としてしまった。

ルークの家に運び込まれたエルは既に息をしていなかった。

裏切り者。襲撃者の一人である彼女は死に際に何を思ったのだろうか。

目尻から頬を伝った涙の痕を見ても、何も分からない。

『……俺様は知ってるぜ。このエルって奴がどんな想《おも》いでお前を手に掛けたのか。何故《なぜ》、あれほど好いていたお前を殺そうとしたのかをな』

『話せ』

『お前が国を、民を守ることに必死だったからだ。エルはあの日、お前と国を天秤《てんびん》に掛けて両方を取ったんだよ。年端もいかない子供の癖して傲慢にな』

『どういう意味だ』

『国がお前を殺すと決めた時、子供のエルに何が出来る。一緒に逃げるってか？　あの陰険なジジイが絶対にそれをさせねぇ。だからエルは選んだんだ、国を守るっていうお前の意志を継ぐってな。まあ俺にはその考えはさっぱり分からんがな』

呆《あき》れたような声が向こうから聞こえてくる。

聞いてはいけない話を聞いている気がした。国がなんだ、守る意志がなんだと。

ルークはたった一人しか居ないSランク冒険者にして英雄だ。色々としがらみがあるんだろう。

エルも同様に。

『何故、お前がそれを知っている』

『あの日以降、こいつは毎晩毎晩ずっと教会で俺に祈っていたのさ。これで間違いはなかったのか、この選択は正しかったのだろうか。ベネクス様、お願いだから教えてくれってな。ガキの癖して、そのちっせぇ頭で色々考え込んでたよ』

『リーシャ……リーシャの奴はどうだったんだ』

『あいつの主神はアラトのくそったれだからな。俺に祈りは届かねぇよ。だから知らねぇさな』

エルはどうやらルークを殺したことを後悔していたらしい。だから余計に不思議に思ってしまう、そんな子がどうしてルークを見殺しにしたのだろうかと。後悔するなら初めからやらなければいい。エルくらい強い魔術師なら、ルークと一緒に逃げる選択肢を選べる筈《はず》だ。

国の為というなら、例え仲間がどうなっても構わないのだろうか。

『そう言えば、なんて言ったっけか？　生意気にも妖精王を名乗っているあのガキの名前は』

『ティーミアだ、忘れるな』

『そうそうティーミアな。あいつがエルの死体を見た時の顔、どう思った？　俺には全く分からんかったのよ。出会ってたった数日の相手に裏切られただけだぜ？　いくら薬を盛られてたとしてもだ』

『何故お前がそれを気にする』

『特に意味はねぇよ。ただ、いたずら妖精はそんなこと気にしねぇぐらい、もっと神経が図太い筈だと思っただけさ』

『ティーミアは仲間想いの子だ。シルフ達を守る為に戦争を起こそうとしたほどにな。だから余計にショックを受けたのだろう』

『ふぅん、随分と心優しい妖精王様が居たもんだな。マオスとは大違いだな』

マオス。その名は知っている。シルフ達の祖先の名だ。

彼女もまた、妖精王を名乗っていたと聞いている。

今まではおとぎ話の中の存在だと思っていたけど。

『さて、準備が整ったぜ。これから再生の儀を執り行う。リスクは分かってるんだろうな？　なにせ自分の加護を他人に分け与えるんだ、例えお前だろうとそれは避けられねぇ』

『分かっている』

『勿論、この子にもリスクは及ぶ。不老不死を中途半端に与えちまうんだからな。不死はまあいい、生き返るだけだ。だが不老はどうだ、この子の成長の一切を止めちまう』

『……分かっている』

『ケケケ、歳《とし》を取らねぇことを喜ぶ奴は少なからず居るが、これはそんな生易しいものじゃあねぇ。一切成長しねぇんだ、将来身に付ける筈だった力も、魔法も、その全てを失っちまう。おまけに体も成長しねぇが、肉体を構成する魔力はどんどん衰えていく。不老なんて名ばかり、呪いに近い』

『だが、それを受け入れてなお、生き返るかの選択をするのは……エルだ』

『まあ、そうだけどよ。ひとまずはだ、あっちに行ってエルに直接聞いてくるとするかな』

――お前はそれでも、もう一度ルークに会いたいかとな。

瞬間、ルーク達が居る部屋が真っ赤に染まった。扉の隙間から光と炎が漏れ出ている。なのに全く熱を感じない。これがもう一つの声の主――ベネクスが言った『再生の儀』なのだろうか。

煌々《こうこう》と赤光の瞬く室内から、ルークの声が聞こえて来る。

『エル、戻って来い……俺はまだここに居る』

ルークは一体何を思ってそんなことを言うのだろうか。

自分を二度も殺そうとした相手に何故、戻って来いなんて言えるのだろうか。こっちは出会ってから数日で裏切られただけで、胸が張り裂けそうだったというのに。

――また後でね。

エルはその言葉に笑みを浮かべて手を振り返してきた。

――騙《だま》してごめんね。

なのにエルは、投影魔法を通してこちらに向かって冷たく告げた。

すぐにエルの元へ向かおうと思った。何故、どうしてだと。

生憎《あいにく》、リリムに絶対行っては駄目だと止められてしまったが。

「友達に、なれたと思ったのに……」

ルークからは『誰もこの部屋に近付けないでくれ』と言われていた。だけど、申し訳ないがちょっとだけ外の空気を吸わせて欲しい。エルがもし本当に生き返るのだとしたら、思いっきりその顔面をぶん殴ってしまいそうだったから。

そういえば、とファラがギルドの食堂でルークに言っていた言葉を思い出す。

（やり返してやろうとは思わなかったのかい？）

確かそんなことを言っていた。

ルークはどうしてやり返さないのだろうか。どうして我慢出来るのだろうか。

「ずっと仲間だった奴らに裏切られたんでしょ。あんたは、一体、どんな想いで――」

「ティーミア」

頭を冷やす為に家の外に出れば、そこに居たリリムが身を屈《かが》ませて視線を合わせてきた。彼女もエルとルークのことが心配で様子を見に来たのだろうか。

けれども今は、とても心配そうな目でこちらに顔を覗《のぞ》かせている。自分こそ、大怪我《おおけが》をしていて杖がなければ満足に歩くことも出来ない癖に。

「大丈夫ですか？」

「……うん」

「ティーミアは、強い子ですね」

目元をハンカチで拭われる。そしてリリムは胸に抱き寄せて頭を撫《な》でてきた。まるで小さな子供をあやす時みたいに。何故だかどうしようもなく安心する。

――ふと視線を空へ向ければ月が夜空に浮かんでいた。

アーゼマ村に来ていた冒険者達は未《いま》だ村の外を警戒中だ。襲撃者がロポスだけとは限らない、そしてロポスが操っていた魔物がまだ残っているかも知れないからと。

ガラムという冒険者が指揮を執っているらしい。

明日、ラァラがこの村に来るまでの代わりとして。

「エル様の様子はどうでしたか？」

リリムはエルが死んだことを知らない。だからこんなことを聞いてくる。

ルーゴは一部の人間に事情を隠している。リリムがエルの死を知らないように、冒険者達にはエルが襲撃者の一人だとは説明していないようだ。

ルーゴが何を考えているのかは知れないが、今リリムに言えることは一つだけ。

「エルなら大丈夫よ、ルーゴに任せておきなさい」

「そうですか、良かった。私は薬師なので何かお手伝い出来ればと思っていたのですが、どうやら杞《き》憂《ゆう》だったようですね。流石《さすが》はルーゴさんです」

「そうよ、あいつに任せておけば大抵のことはなんとかなるんだから」

「ですね」

そう言ってリリムが安堵《あんど》した顔を浮かべたかと思えば、表情を暗くして声小さく呟《つぶや》く。

「エル様……きっと、何かの間違いですよね？」

冒険者達はエルが襲撃者だと知らされていないが、リリムは彼女がルーゴに魔法を放った姿を

【投影魔法】とやらで目撃している。言葉通りに何かの間違いだったと思いたいのだろう。

エルは英雄ルークの下で活躍したAランク冒険者なのだから。

「当たり前でしょ。たぶんだけどロポスを油断させる為の作戦だったんじゃない?」

「ですよね、きっとそうですよね」

「そうそう、そうに違いないわ。それと、あんたはこんな所で夜更かししてないでしっかり休みなさいよ。もしかしたら冒険者達が魔物と戦って怪我するかも知れないんだから。っていうか、あんた自身が怪我人なんだから」

冒険者もそうだが、仮にエルが再生の儀で生き返ったとしても、彼女の身がどうなるか分かったものではない。ルークはリリムのことを信頼している。だからきっと、もしものことがあれば彼はアーゼマ村の薬師を頼る筈だ。

リリムにはその時に備えてしっかりと休息を取って貰《もら》わなければならない。それにいつまでもリリムが帰って来なければ、彼女と寝食を共にしているペーシャが心配してしまう。

「そうですね、分かりました。ティーミアもあまり夜更かししてはいけませんからね。ちゃんと睡眠を摂《と》らないと大きくなれませんよ?」

「あたしを何だと思ってんのよ! シルフはこれ以上成長しないの!」

「そ、そうなんですね。知らなかったです」

「はいはい、行った行った。あんたこそちゃんと寝なさいよね」

手を振ってリリムに別れを告げる。そして振り返る。

ルークとエルが居る部屋には窓がなく、外からではまだ再生の儀とやらが行われているか分からない。エルが今、どうなっているかも分からない。もしかすれば生き返らないかも知れない。

だけど、こっちに帰って来て貰わなければ困る。一度約束してしまったのだから。

（エル、また後でね！　全部片付いたら今度こそ決着付けるわよ！）

――と。

エルの魔法の威力は凄《すさ》まじかった。自分自身が発動していた投影魔法すらも破壊してしまう威力だった。後で確認すればマオス大森林の一部が抉《えぐ》れていた。

ルークはあの魔法の直撃を受けてもなんとか耐え抜いたようだったが、自分があれを受ければいくら妖精王の加護があろうともタダでは済まないだろう。

そうだ。広場での魔法の撃ち合い、あの時のエルはまだまだ手加減していた。こっちは『妖精王の加護』で魔法を強化していても勝てなかったというのに。

これがルークの元仲間の実力かと歯痒《はがゆ》く思えてしまう。

ルークの仲間として負けていられない。

今度こそ、決着を付けるんだ。

「だからエル、早く戻って来なさいよ」

例え操られていた時の記憶はなくなってしまうのだとしても、こっちはもう友達だと思っているのだから。

Aランク冒険者兼調査員のエル・クレアはアーゼマ村を襲撃したロポスの仲間である。

彼女はルーゴの背に向かってあろうことか魔法を放ったのだ。【投影魔法】を通して一部始終を見ていたリリムは重い溜息《ためいき》を吐《つ》いた。

「まさかエル様が襲撃犯の一人だったなんて、私……今でも全く信じられません。全然、そんな素振りを見せなかったのに」

同じく襲撃犯の一人であるロポス・アルバトスは、マオス大森林の一部を焦土に変え、フレイムゴーレムを破壊した張本人である。リリムはルーゴからそう聞いていた。

つまりだ。最初からマオス大森林に竜など居なかった。

全てはロポスとエルの自作自演であった。

「う～ん、まあそうっすね。たしかに悪いこと考えそうな人ではなさそうっすけど。ルーゴさんの話ではリリムさんと同じく操られていたらしいっすけど。どこまでがこの人の意志か分からないっすからね。目を覚ますまでは」

リリムの診療所にて、ペーシャはベッドの上ですやすやと寝息を立てるエルの顔を覗《のぞ》き込んで頷《うなず》く。

　ペーシャはエルを数回見ただけなので、リリムほど納得がいかない訳ではないのだろう。そして、ついこの間まで巨大樹の森で生活していた彼女は、それこそリリムほどエルのことを知らない筈《はず》だ。魔人と恐れられるエルは、今は亡き英雄ルークの元パーティメンバーである。そんな彼女が罪もない一般人を殺そうとしたのだ。

　その一般人はルーゴだったのでエルは返り討ちに遭った訳なのだが、冗談であるならばそうであって欲しいとリリムは思った。

　聖女リーシャといい、魔人エルといい、リリムはどうしても英雄のパーティメンバーと敵対してしまう運命にあるらしい。

　この調子だと明日、賢者オルトラムがリリムの診療所をいきなり木《こ》っ端微塵《ぱみじん》にしてもおかしくはない。リリムは一人勝手にぞっとした。

「ペーシャちゃんは私が守りますからね」

「え、あ、はいっす。よく分からないけどありがとっす」

　召喚魔法しか使えないリリムが天才魔術師オルトラムと対峙《たいじ》してもまず勝ち目はないだろう。殴り合いなら相手はお爺《じい》ちゃんなので勝てるかも分からない。

　などとリリムが思考に耽していると、ペーシャがエルの体をまじまじと見つめていた。

　何か気になることでもあったのだろうか、リリムがそう尋ねるとペーシャは不思議そうに首を捻《ひね》った。

「今更っすけどこのエルって子、ルーゴさんとバチバチにやり合ったらしいのに怪我《けが》の一つもないんすね。妖精王様の時はそれはもうボコボコにしてまっしたけど」

ペーシャの言う通りでエルの体に外傷は全く見受けられなかった。

それは何もリリムが治療を行った訳ではない。エルはリリムの診療所に運び込まれた時点で既に外傷がなかったのだ。おまけに体の内側にも異常はない様子。

「ルーゴさんが治療魔法を施したみたいですよ」

「えっ、あの人そんな魔法も使えるんでっすか？」

「すごいですよね。なにやら条件があるようですが、まあルーゴさんはルーゴさんなのでしょうがないです。考えても無駄ですよ」

ルーゴの魔法の腕は村中が知るところである。

そんな彼が今さら治療魔法を行使出来ることに驚くリリムではない。

だが、肝心のエルが目を覚ます気配がない。

ルーゴとエルが対峙してから既に三日が経《た》っているのにも関わらずだ。リリムも薬師ではあるが医者ではないのでその理由に見当も付かない。

今はエルが衰弱しないように日々の世話をすることしか出来ないのだ。

「まあ、もう少しでラァラさんが手配してくれた冒険者ギルド切っての治癒術師さんが来てくれるらしいので大丈夫っすよ。治癒術師さんの手がいつ空くかは分からないみたいっすけど」

と、リリムが安心をさせるようにペーシャの背をぽんぽんと二回叩《たた》く。しかしペーシャはなにやら不満そうな顔をしていた。

「エルが目を覚ました瞬間、魔法でアーゼマ村が吹っ飛ばなければいいっすけどね」

「ちょ、怖いこと言わないでください」

ペーシャはどうやらエルが目を覚まさないことを心配している訳ではないらしい。エルが目を覚ましたその後に心配があるようだった。

リリム達《たち》の視線の先、ベッドの上ですやすや眠りこけている女の子は襲撃犯の一人なのだ。その魔法の威力も凄《すさ》まじく、話を聞くにマオス大森林の一部が抉《えぐ》れていたらしい。

たしかにその可能性がないとは言い切れないが、仮にエルが魔法を放とうとしても必ずルーゴが止めてくれる筈だ。

なにせ診察室の隅にそのルーゴが、もの言わず無言でエルを睨《にら》み続けているのだから。

「ルーゴさん、エル様はアーゼマ村を吹き飛ばす真似《まね》なんてしませんよね？　私を正気に戻してくれた薬も飲ませたことですしね？」

「…………」

「さっきから一言も喋《しゃべ》らないでっすけど、あれ生きた屍《しかばね》じゃないっすよね」

診察室の隅にて腕を組んで佇《たたず》むルーゴは、じっとエルに無言で視線を向けている。

死んでるんじゃないかと疑ったペーシャがルーゴの脇をつつくとその手をそっと振り払った。生きてはいるようだ。

あのルーゴはどうやら分身魔法で作られた偽物らしく、実力は本人ほどではないが、エルが突然目を覚ました場合に備えてルーゴが置いていってくれたのだ。万が一に備えてと。

本物のルーゴは今、二日前にアーゼマ村を訪れたギルドマスターのラァラと村長宅で話し合いをしている。

話題の中心はもちろんエルの処遇についてだろう。

そしてもう一つ、ロポスが使用した【変化の魔法】についてだ。

ロポスは村を襲撃する際、魔紋を用いて村の住民を数人罠《わな》に掛けていた。聖騎士リズが杖《つえ》に変化させられたのもそれだ。

リリムも狙われたことから魔力の高い者を優先的に狙っていたのではないかとルーゴは言っていた。リリムは魔物なので魔法の素質がある。すなわち魔力が高いらしい。

何故《なぜ》そんな回りくどいことをしていたのか。それを確かめようにも肝心のロポスはルーゴの手によって倒されてしまったため、結局分からず終《じま》いだ。

そして、

「分身ルーゴさん、これだけは確認させて貰《もら》えますか。村長やリズさん達、変化の魔法を使われた人達は元に戻れますか？」

変化の魔法によって杖に変化させせられてしまった人達は、ロポスが倒されたというのに未《いま》だ元に戻っていない。

どうやら魔法には使用した本人が倒された場合、その効果が解除されるものとされないものがあるらしい。変化の魔法は後者が該当するとのこと。

だからリリムはもの言わぬ分身ルーゴに訊《たず》ねる。

「杖に変えられちゃった人達は、ちゃんと生きてますよね？」

と。

それでも分身ルーゴは口を開くことはなかった。

その様子を見ていたペーシャが「舌が千切れてるんじゃないすか？」とむっとしていたが、分身ルーゴが返事をするようにゆっくりと腕を上げて、窓の外を指で示した。

リリムが振り向けば、窓の向こうに真っ黒兜《かぶと》が佇んでいた。

「どわぁ!?　ルーゴさん！」

ルーゴである。

驚く必要は全くないが、今さっき室内にいるルーゴと話しをしていたので、突然窓の向こうに現れたルーゴにリリムは一驚してしまった。ルーゴが二人居る事実に慣れない。隣のペーシャも疎《うと》んじ顔をしていた。

「ルーゴさん、どうしたんです？　ラァラさんと一緒に居たんじゃなかったんですか？」

「ロポスが使っていた【変化の魔法】についての話が纏《まと》まってな。そこでリリムとペーシャ、二人とも俺に付いて来て欲しい」

「もしかして解除方法が分かったとかです？」

「ああ、その通りだ」

リリムが期待すればルーゴが強く頷いた。

どうやら村長もリズも元に戻れるらしい。それを聞いたリリムは安心して思わずへなへなと座り込んでしまう。

広場でティーミアが『村長を含めた村の住民数人が行方不明』と報告してきた時から、リリムが気が気でなかったのだ。

村長は預かり知らぬところで杖にされたようだが、聖騎士リズは半ばリリムの身代わりとなった形で魔紋の餌食となってしまったのだ。

ずっとこのままだったらどうしようかと思っていた。

リリムは深呼吸して立ち上がると、窓辺に手を掛け身を乗り出すようにしてルーゴに聞く。

「それで、その方法って何なんでしょうか」

「解除の方法は一つだ。別の物体に変化させられた者の魔力循環を著しく乱すこと。それを簡単に引き起こせる物をお前達は知っている筈だ」

変化の解除方法は魔力循環を著しく乱すこと。

魔法について学がないリリムには、どうしてそれが解除の条件になるかは分からないが、それを簡単に引き起こせる物に心当たりがあった。

ルーゴは薬師であるリリムと、その診療所にて共に暮らすペーシャに付いて来て欲しいと言っていた。つまり答えは植物の類なのだろう。

「魔力循環を著しく乱す……。あ、もしかして魔力超過とかです？」

「そうだ」

「ということは、以前に採取した『黄色い花』のことですね」

ルーゴが再び頷いた。

、

「やあやあ、よく来てくれたね。歓迎するよリリム君にペーシャ君。どうぞ中に入っておくれ。遠慮は要らないよ！」

ルーゴに連れられて村長宅へと訪れたリリムとペーシャは、玄関の扉を開けると白髪の少女に出迎えられた。彼女は冒険者ギルドのマスター、ラァラ・レドルクだ。

どうしてか機嫌の良さそうなラァラは快活に笑って「おいでおいで」とリリム達に手招きしている。

「お前の家じゃないだろ」

「あ、痛いッ！」

すかさずルーゴが脳天に軽く手刀を落とすと、苦い顔をしたラァラが頭を摩《さす》りながらリリムの手を取った。

「あはは、ごめんよ。ようやく杖にされた人達を元に戻せる目途が立ったんだ。ついついテンションが上がってしまってね」

「そうだったんですね。ラァラさんありがとうございますっ」

「いいよいいよ、気にしないで。困った時はお互い様さ」

村長宅の談話室へとリリムの手を引く傍ら、ラァラはこちらに振り返って小さく目配せをした。

「それに、ギルドで抱える薬師の憂いは払っておかないとね。リリム君には期待しているんだ。こういう時は安心して俺に任せておくれ」

なんてラァラは頼もしく言ってくれる。

ギルドがリリムの味方になってくれるとは言っていたが、アーゼマ村の為《ため》に動いてくれるとは思わなかった。

もしかすれば、ギルドの一員であるエル・クレアが村を襲撃したことに責任を感じているのかも知れない。例えラァラに別の考えがあったとしても、それはリリムの知るところではない。

人を動かす立場にあるギルドマスターが単純な善意で動くとは思えないが、この厚意は素直に受け取っておこうとリリムは礼を言う。疑う理由もない。

談話室の扉を潜《くぐ》れば一人の老婆と、何やら制服のような衣服を身に纏う一人の男がリリムの視界に入る。

年老いた女性の方は饅頭《まんじゆう》大好きハーマルさんだ。彼女はアーゼマ村の古株として、杖になってしまった村長の代わりを務めることとなっている。

そんなハーマルさんが腰を下ろすソファの前、テーブルに並べられた八本の杖が件《くだん》の【変化の魔法】の犠牲者達だ。

「お邪魔します、ハーマルさん」

「いらっしゃいリリムちゃん。とは言っても、ここは私の家じゃないのだけれどもね。さあ座って。なにやらギルドの学者さんからお話があるみたいなの」

ハーマルに促されてリリムは対面のソファに腰を下ろした。遅れて談話室に入ってきたペーシャも倣って腰を下ろす。ルーゴは壁にもたれ掛かっていた。

各々が身を落ち着かせたのを確認すると、ラァラが小さく咳払《せきばら》いをして皆の視線を自身に集める。

「さて、リリム君とペーシャ君が来たことだし現状を再確認しようか」

ラァラがテーブルに並べられた八本の杖を手で示した。

「ここに並べられた杖は元人間だ。アーゼマ村を襲撃したというロポス・アルバトスが使用した【変化の魔法】でこの姿に変えられてしまった訳だね」

それにルーゴとハーマルが頷く。

「何やら彼は魔紋を用いて村の住民を罠に掛けて回っていたみたいだね。まあそれは話の肝じゃあないから一旦忘れようか。今回の主題は杖に変えられてしまった者をどうやって元に戻すかだ」

淡々と説明していくラァラが、テーブルに並べられた杖を無作為に選んで一本だけを手に取った。

何をするつもりだろうか。

リリムが様子を眺めていると、ラァラは手にした杖をそっと指でなぞる。

「うん、適当に取ったけどこの杖は元は村長様だね」

わざとらしくラァラはそう言った。

適当に取った、それは本当なのだろう。だからリリムは不思議に思うのだ。どうして手に取った杖が村長だと分かったのだろうと。隣のペーシャも同様のことを思ったのだろう、スッと手を上げた。

「あい、ラァラさん！　それがどうして村長だと分かったんすか！」

「お、鋭いねぇペーシャ君。そうさ、俺はこの杖が村長であることをはっきりと知覚出来る。さて、それはどうしてなのかな？　ハルドラ君、説明を！」

ラァラに手で示された冒険者ギルドの職員。

ハーマルさんからギルドの学者と言われたその男は、リリムが視線を向けると何故だか得意気に丸眼鏡を弄《いじ》り回していた。

「はい、その杖は人間と同様に魔力が循環しているからです。ある程度、魔力の扱いに慣れた者は魔力の流れで人を見分けられますからね。ギルドマスターともあれば当然でしょう」

男は得意気に丸眼鏡をくいっと上げた。

あらぬ方向から褒められたラァラが若干照れながら男の説明に補足を入れる。

「あ、ありがとね、ハルドラ君。そうさ、彼の説明にあった通りにこの杖には魔力が循環している。つまり、まだ生きている。こんな状態になってもね」

だけど、とラァラは続けた。

「どうもその循環の仕方がちょっとおかしいんだよね。で、俺は学者であるハルドラ君をアーゼマ村に呼び寄せて調べて貰ったという訳だ」

「はい、僕が調べました。いやぁ、流石《さすが》に頭を抱えましたよ。なにせ別の物質に変えられた人間を元に戻せるかと言われたのですからね。基本的に【変化の魔法】は生物への使用が禁止されています。なので解除方法なんて出回ってないんですよ」

たしかにあんな魔法をぽんぽん人に使ってたら倫理的にやばいよなとリリムは思った。そりゃ禁止されるわと。

「まあ国がやっちゃ駄目と言ってるだけで、僕としては人を小石にでも変えれば人員の運搬費が削減出来ると思うんですけどね」

ラァラにハルドラと呼ばれていた男はおっかないことを言っていた。

この男はそのうち檻《おり》に入れられるだろうなという確信がリリムの脳裏に浮き出る。

「いやねぇ、最近の若い子は。過激だわぁ」

ハーマルさんは若干引いていた。

ペーシャは「ルーゴさん、こいつ要注意人物っすよ」と顔を顰《しか》めている。ルーゴはじっとハルドラを睨んでいた。

流石に失言だったかと冷や汗を流しながらハルドラが両手を振って言い訳を並べる。

「い、いやぁ、違うんですよ、僕は魔法の実用性を説いただけであって。実際にやろうだなんて思いません。ただ王都の研究機関でも、魔物を魔石に変えて魔力を抽出してみようという試みもあったくらいですから。それと同じで、人間相手にはそんなことしようなんて人居ませんて、僕含めて」

それを聞いてルーゴが不機嫌そうに腕を組んで小さく溜息を溢《こぼ》した。

ハルドラはまるで魔物ならどう扱っても良いとも取れるような発言をしたからだ。この場には魔物であるペーシャが居る。加えて秘密にはしているがリリムも魔物である。

失言に失言を重ねた形だろう。

「ハルドラ殿、あまりそういった発言は控えて貰おうか。今ここにはシルフであるペーシャが居るのだからな」

「す、すすみません。そういうつもりで言った訳じゃなかったんです」

ルーゴは咎《とが》めれば、先ほどまで得意気に眼鏡を弄繰り回していた様子はどこへやら、ハルドラは反省とばかりに小さく頭を下げた。丸眼鏡が小さく見えるのはリリムの気のせいだろう。

ただ、魔物が人類の敵であることに変わりはない。その点だけは留意するべきだろう。魔物を庇《かば》おうとする者の方が稀《まれ》なのだから。

あまりに話が逸《そ》れたので、リリムは話題を元に戻すため魔力超過について言及することにした。

「ラァラさん、それでなんですけど……魔力の循環がおかしくなってると言ってましたが、それは魔力超過でどうにか出来るものなんですか？」

「あれ？　もしかしてルーゴから先に聞いていたのかい？」

「そうですね。ここに来る前にちょこっとだけですけど」

「うん、そうだね。杖から元に戻す条件、それが『魔力超過』さ。ロポスが使用した変化の魔法は、どうやら肉体を循環する魔力を乱して固定してしまう魔法のようでね」

「乱して固定……？」

「そうそう、この固定が厄介でね。乱された状態、つまり杖である状態が普通となってしまうんだ。だから使用者が倒されても元に戻らない。だからその固定されてしまった状態を再度乱してあげる必要がある」

そこまで説明したラァラはバトンタッチとばかりにハルドラへ目配せを送った。受け取ったハルドラは腰にあったポーチから一つの植物を取り出した。

それは一齧《ひとかじ》りするだけで魔力超過を引き起こす『黄色い花』の根だ。

乾燥して萎《しな》びてはいるが間違いない。

「これは先日、リリムさんがギルドに送ってくれた黄色い花の根です。なにやら一齧りするだけで魔力超過を引き起こしてしまう劇物のようですが、今回はそれを利用してみようと僕は思ったんですよ」

「なるほど。そういった経緯で黄色い花が必要だったんですね」

「そうなのですが、黄色い花の数が足りないんですよ。ギルドに送られて来た物は、既に王都の植物学者の元へ送ってしまいましたからね。リリムさんが所持していた分は盗賊に盗まれてしまったようですのでもう一度、ルーゴさん達にはこれを採取して来て貰いたいのですが……」

と、ハルドラは何故だか歯切れを悪くする。

リリムとルーゴはその黄色い花がどういった場所に生息するかを突き止めている。なのでもう一度採取すること自体は簡単だ。しかしハルドラの雰囲気がそうもいかないと言っていた。

リリムが首を傾《かし》げると、ルーゴが代わりとばかりに口を開いた。

「黄色い花を採取出来るマオス大森林だが、三日前にエルがその一部を魔法で消し飛ばしてしまってな。その影響からか魔物が酷《ひど》く興奮状態に陥っている」

「そ、そうだったんですか。それは怖いですね。でもルーゴさんならそんな魔物でも後れは取らないのでは？」

そうだ。

リリムはルーゴが魔物を蹴散らかしている光景を散々目にしている。なので例え魔物が興奮状態になっていたとしても負けることはないだろう。

そんなルーゴでも何やら気がかりな点があるようで、

「リリム。お前はあの森がどうしてマオス大森林と呼ばれているか知っているか」

「え？　う〜ん、ちょっと分からないです」

そんなことを言われてもリリムは知る由もない。

なにせつい最近までその森の名前すらも把握していなかったのだから。

「あの森は俺達が生まれるよりも前、遥《はる》か昔にたった一体の魔物が創り出した森だ。その魔物は今では眠りについているらしいのだが、今回の騒動で目を覚ましてしまった可能性がある」

「本当ですか？　あんなに広い森を創るって。と、とんでもない魔物が居たもんですね」

その話が真実なのだとすれば、もはや神話の類ではないだろうか。

以前、黄色い花を採取する時に崖地へと足を踏み込んだが、そこから見下ろしてもまだ地平線の彼方《かなた》まで森は広がっていた。マオス大森林はそれだけ広大なのだ。

それをたった一体の魔物が創り出したと。

ルーゴはそんな馬鹿げた力を持つという魔物の名を口にした。

「奴《やつ》の名はマオス。この世に『妖精王の加護』を降ろす神の一柱だ。そいつが創り出し、かつ根城としているが故にあの森はマオス大森林と呼ばれている」

妖精王。その言葉に対し、いの一番に反応を示したのはシルフのペーシャだった。

「妖精王!? る、ルーゴさん！ それってうちの妖精王様と何か関係があるんすか!?」

リリムとしては神がうんたらのくだりが気になったが、どうやらペーシャの琴線に触れたのはそこではないらしい。

頓狂な顔をしてルーゴへ妖精王妖精王と捲《まく》し立てている。

「マオスはペーシャ達と同じシルフだ。確かなことはそれだけで、関係性については俺も詳しくは知らない。その実力もな」

実力も計り知れない神の一柱、それがマオス。

だから先ほどハルドラは歯切れを悪くしたのだろう。今回の採取はそう簡単にはいかないと。

リリムがふと視線を下ろせば、ルーゴが見慣れない剣を腰に差していた。彼はどんな魔物が相手だろうと普段は剣を手にしない。素手、もしくは魔法で粉砕してしまう。

そんなルーゴが帯剣していると。それだけ警戒が必要な相手なのだろう、それは例えアーゼマ村の中に居たとしてもだ。

間違っても採取時に遭遇したくないものだとリリムの背筋に悪寒が走る。

きっと、黄色い花の採取に向かう時は選《え》りすぐりのメンバーで攻略に挑むことだろう。ひ弱なリムには無事を祈ることしか出来ない。

「それでリリム。お前には『微精霊の加護』を使って、マオスと遭遇しないよう索敵を行って貰いたいんだ」

「ん？」

「リリムに索敵をして貰いたい」

「え？」

まさかマオス大森林攻略メンバーに選ばれると思っていなかったリリムが顔色を青くする。隣のペーシャは同情するような視線をリリムへ向けていた。

「り、リリムさん。頑張ってくださいっす」

「そんな……いいい嫌ですよぉ。あ、そうだ。私怪我人なので……」

「それもう完治したじゃないっすか。村の為にも頑張ってくださいっす。村長がどうなっても良いんすか？」

「ぐぬぬぬぬ……わ、分かりました」

村の為、村長の為。

そんなことを言われてしまってはリリムに断ることはもう出来ない。

やるしかない、それがアーゼマ村の為になるのならば。

そう覚悟を決めたリリムだったのだが、ペーシャが自分は選ばれないだろうと、他人事《ひとごと》のような顔をしているのがちょっとだけ気に入らなかった。

「ペーシャ、お前も付いて来てくれ」

「は」

「ペーシャ、お前も付いて来てくれ」

同じく名指しで指名されたペーシャが顔色を青くする。

「いやいやいやいや。私なんかがマオスとなんて戦えませんって！　ペーシャそんなに強くないっすから！」

「大丈夫だ、安心しろ。ペーシャにも索敵を頼みたいだけだ。思い出せばお前は以前、俺とリリムがシルフの巣を襲撃する際に偵察を務めていたな」

「う、うひッ！」

「ティーミアから聞いたぞ、索敵が得意だとな。あの時、俺がお前を見つけるよりも先に、お前は俺を見つけ出していたな」

言われてみればとリリムは思った。

ルーゴの言う通りなのであれば、ペーシャは索敵に関してはルーゴを凌《しの》ぐ才能を持っていることになる。索敵が得意というティーミアの話は本当なのだろう。でなければ偵察を任されることもない。

ララは「へぇ」と口角を上げながらペーシャに熱い視線を送っていた。

反対にペーシャの目からは光が途絶えていた。

ララは胸の前で拳を握りしめる。

「よぉし！　ペーシャ君の索敵能力とリリム君の加護が加われば、より安全にマオス大森林を攻略出来るだろう！　出発は明日だ、さぁさ期待してるよ二人共！」

マオス大森林にて神の一柱マオスが目覚めた可能性がある。

出来ればそんな状態の森に足を踏み入れたくはないが、リリム達には黄色い花を入手しなければならない理由があるのだ。

尻込みしてる場合じゃない。

隣のペーシャは未だ顔を青くしていた。

「痛たたたた。なんだかお腹《なか》が痛くなってきまっした」

「出発は明日なので、私のお薬で治してあげますよ」

「たった今治りまっした。たぶんまた明日再発しまっす」

再発した時はまた薬を出してあげるとしよう。

あとがき

エルのお話をメインにしたい、ということでＷＥＢ版から大きく加筆したのがこの第二巻です。

七万文字くらいは加筆したでしょうか。

今回は死人が出るちょっぴりダークな内容ですが、タイトルに「スローライフ」と入っているからにはほんわかとしたお話も入れつつ構成を考えたりと、元々趣味で小説を書いていた私には中々大変な作業でした。中々慣れるものではありませんね。

お陰で締め切りを少し過ぎてしまい担当編集さんにはご迷惑をお掛けしたかと思います。

もしかしたらイラストを担当してくれている熊野だいごろう様にもシワ寄せが行ってしまっているのかも……。私が知らないだけでもっと色んな人にも……。本当に申し訳ないです。

ということであらゆる方向に迷惑を撒《ま》き散らかして完成させた第二巻ですが、加筆に伴ってＷＥＢ版よりもパワーアップさせたつもりなので、既読の方にも楽しんで貰《もら》える作品になったかと思います。

遅くなりましたがこの本を手に取っていただき、本当にありがとうございました。

もし次巻が出ることになりましたら、再びここでお会い出来ることを心待ちにしております。


それでは、また。

お前は強過ぎたと仲間に裏切られた「元Sランク冒険者」は、田舎でスローライフを送りたい 2

発行　2023年11月25日　初版第一刷発行

著者　ラストシンデレラ

イラスト　熊野だいごろう

発行者　永田勝治

発行所　株式会社オーバーラップ
〒141-0031
東京都品川区西五反田8-1-5

校正・DTP　株式会社鷗来堂

印刷・製本　大日本印刷株式会社

ISBN　978-4-8240-0661-5 C0093

【オーバーラップ　カスタマーサポート】
電　話　03-6219-0850
受付時間　10時～18時（土日祝日をのぞく）

作品のご感想、ファンレターをお待ちしています

あて先：〒141-0031　東京都品川区西五反田8-1-5 五反田光和ビル4階　ライトノベル編集部
「ラストシンデレラ」先生係／「熊野だいごろう」先生係

スマホ、PCからWEBアンケートにご協力ください

アンケートにご協力いただいた方には、下記スペシャルコンテンツをプレゼントします。
★本書イラストの「無料壁紙」　★毎月10名様に抽選で「図書カード（1000円分）」

公式HPもしくは左記の二次元バーコードまたはURLよりアクセスしてください。
▶ **https://over-lap.co.jp/824006615**
※スマートフォンとPCからのアクセスにのみ対応しております。
※サイトへのアクセスや登録時に発生する通信費等はご負担ください。

オーバーラップノベルス公式HP ▶ **https://over-lap.co.jp/lnv/**

第11回 オーバーラップ文庫大賞
原稿募集中！
イラスト：じゃいあん
【締め切り】
第1ターン 2023年6月末日
第2ターン 2023年12月末日
各ターンの締め切り後4ヶ月以内に佳作を発表。通期で佳作に選出された作品の中から、「大賞」、「金賞」、「銀賞」を選出します。
その物語は、きっと誰かが好きな物語。
【賞金】
大賞…300万円
(3巻刊行確約+コミカライズ確約)
金賞……100万円
(3巻刊行確約)
銀賞………30万円
(2巻刊行確約)
佳作………10万円
投稿はオンラインで！ 結果も評価シートもサイトをチェック！
https://over-lap.co.jp/bunko/award/
〈オーバーラップ文庫大賞オンライン〉
※最新情報および応募詳細については上記サイトをご覧ください。
※紙での応募受付は行っておりません。